教養としての官能小説案内

永田守弘
Nagata Morihiro

ちくま新書

836

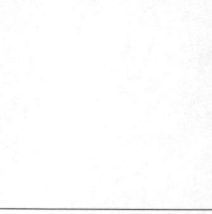

教養としての官能小説案内【目次】

第I部　官能小説の歴史　025

扉イラストレーション＝星恵美子

はじめに

†百花繚乱の官能小説

人は文芸に何を求めるのか。言うまでもなくそれは十人十色であろう。では、「官能小説」に対してはどうか。それは何のためのものか。多くの人は、男たちの「**実用**《オナニー》」のためのものと考えているようだ。巧みなセックス描写によって読者の性的欲求をかきたて、最終的に彼らにとって「**使える**」ものであればよい、と。

その意味で、「官能小説」は、出来不出来の差こそあれ、その骨子に着目すれば、結局のところ男女の交わりを、あれこれと目先を変えて、繰り返し描いたものにすぎない――こう単純にみなされがちである。味気のない、ワンパターンの世界だ、と。

しかしながら、これは官能小説の豊穣《ほうじょう》な表現世界に、どっぷりと浸《つ》かったことのない人の物言いだろう。人間の性欲は、それほど動物的にはできていない。「**女性器に男性器を**

挿入した」という文章を読んでも、現代人はもはや刺激を受けないのだ。官能小説家たちは、われわれの贅沢《ぜいたく》で多様な欲望に応えるため、ストーリー設定や主要キャラクターの造形、あるいは性交・性器描写の技法、さらにはタイトル付けなど、ありとあらゆる側面でその表現を深化させてきた。彼らが骨身を削って凝《こ》らした驚くべき工夫の数々によって、欲深い読者らのイマジネーションを喚起し、その感性の奥底にひそむ淫心に火をつけることが可能になったのである。

書店の官能小説の棚前に立ってみると、何が見えるだろうか。ある人は、そこに、なんだか似たような装丁にくるまれた一様の書籍群を見るかもしれない。だが、目を凝らし注意深くみれば、すぐにわかるだろう。そこに並ぶのが、一冊ごとに独自の表情をもった個性的な面々であることを。

人間のセックスは、もはや単なる生殖行為ではない。人びとの性的嗜好《しこう》——何に興奮するか——は、単純な生物の営みの範疇《はんちゅう》をはるかに越えた、多様なバリエーションを示している。とりわけ現代にいたって情報化が著しく進展するにともない、その嗜好の多様化・細分化が急速に進んだ。人びとの「想像力」に応えることを本義とする官能小説の世界も、その流れに呼応して、その彩りを豊かにしてきた。現状はまさに百花繚乱《りょうらん》である。読み手

のツボに合わせて「ジャンル」は細分化された。時代を反映した流行の浮沈はあるものの、おのおのの特長を鮮明にすることで根強く読者をつかんだ作家たちが輝きを放っている。

ここで本論に歩《ほ》を進める前に、現代官能小説の膨大な「ジャンル」の、ほんの一端をあらかじめ紹介しておこう。たとえば、以下のようなものがある。

†人妻もの

いつの世にも鉄板の人気を保持しているのが、「**人妻もの**」、つまりは人妻の「不倫」を扱った作品である。「一盗二婢三妾」と昔からいうように、夫のいる女とひそかに情を通じることは、男の本能をいたく刺激する行為だった。

他方で、容易に想像がつくように、官能小説に円満な夫婦のワンパターンな味気のない性行為が描かれていても、読者には何の面白みもない。そのため、夫婦のセックスが描かれるのは例外的だ。よほど特異な状況を設定しない限り、新鮮味に欠けて、欲情をかきたてられない（つまりは「**抜けない**」）のである。

さて「不倫」といえば、一九八〇年代までは、背徳感がつきまとうものであって、それがいっそう淫靡《いんび》な感覚をあおり、倍加させたものであった。官能小説の本流においても、このような事情に変わりはなく、そうした後ろめたさを背景にした男女の関係性を描いたものである。

ただ、最近では不倫にともなう背徳感も、めっきり薄れてきた。メディアでは不倫経験者がみずからの体験をおおっぴらに語っているし、いまやどのオフィスにも一組や二組の不倫カップルが珍しくないのではないか？　そうした世相を反映して、現代の官能小説は、不倫の暗い情交を描くというよりは、心は揺らめきながら「一線」を越えた人妻が、**自制心をかなぐり捨てた牝《めす》となって**、**性を享楽する女に変身していく**様を描くパターンの作品が主流である。理性に反して男に応えてしまう肉体と、それを受け入れる微妙な心情の揺らぎを描くことが、官能小説をいっそう淫《みだ》らなものにしている。

たとえば、霧原一輝著『人妻あそび』（双葉文庫）。会社で出世路線から外された男が、思いがけない性運にいざなわれて、人妻と関係をもつことになる。

「はぁあああぁぁ……」

糸を引くような喘ぎとともに、いつの間にか組まれていた手の指が笹島の手を痛いほどに強く握ってくる。

（やはり、人妻だな。すごく感じやすい身体だ）

感激をあらたに、乳暈《にゅううん》の周辺かららせん状に舐《な》めあげていく。

唾液《だえき》でぬめ光る乳首に吸いつき、なかでちろちろと舌を躍《おど》らせた。

「ぅうぅんん……ぅうぅんん」

奈都子は聞いているほうがおかしくなるような声で呻《うめ》いて、腰をじりっ、じりっと横揺れさせる。

†使用済みパンティ

かつては「変態」とさえいわれた性的嗜好も、昨今では白い眼で見られる度合いが低くなってきた。個人的な性癖の発露としてなら許容され、官能小説にもあからさまに描かれるようになってきている。

たとえば「**フェティシズム**」は、もともとは一般に女の下着とか靴とかいうモノに対しての異常な執着のことであったが、実はそうした傾向は、特に男であればわかるだろうが、そもそも多少は誰にでもあるものである。その執着が人並み以上であっても、とりわけ異端視されることは少なくなったのだ。官能小説には、そんな男の欲望を描き出して、読者の共感を膨らませていく作家が少なくない。
たとえば、櫻木充の『めしあがれ』（徳間文庫）。隣家の奥さんに留守番を頼まれた思春期の若者が、洗濯機から、あこがれの女性の使用済みパンティを探し出す。
いくら清潔にしていても、女性のショーツは汚れやすいと知っている。もしかした
ら寛子の陰部が「マン拓」のように写し出されているかもしれないと、その期待通り、
クロッチと呼ばれる部分の裏側には割れ目の長さやラビアの形、膣口《ちつこう》とおぼしき部位
まで朧気《おぼろげ》に見て取れるほどの沁《し》みが付着していた。
祥吾は一片の迷いも、躊躇《ためら》いすらも覚えずに沁みの匂いを嗅いだ。〔中略〕
「寛子さん、俺……舐めるよ、いい？　いいだろう？」
祥吾は匂いばかりに飽き足らず、クロッチに口をつけた。

†お尻フェチ

他方、女が身につけるモノだけではなく、女体のさまざまな部位そのものへの執着をフェチと見る風潮が広がっている。たとえば、「**おっぱいフェチ**」、「**お尻フェチ**」といった

嗜好であって、これも程度の差こそあれ、ほとんどの男に共通の性癖といえる。女体への男のフェチを大別すれば、おっぱい、お尻のどちらかには、ほぼ全員が組み入れられることになるだろう。

これが「**腋毛フェチ**」、「**足指フェチ**」などにまでいたると少数派といえそうだが、それでも以前にくらべれば特異視・変態視まではされない。ましてや、おっぱいフェチやお尻フェチなどは、気のおけない集まりの場であれば、ごく普通に自称されている。

官能小説の潮流では、いわゆる「**巨乳**」や「**爆乳**」に対する憧憬《しょうけい》を描く作品はやや下火になっている。**このごろはお尻フェチが優勢のようだ。**

お尻フェチにおいては、白くて大きな、豊臀《ほうでん》といわれるタイプが好まれる。巨乳に対する愛着も女体への男の甘えの表徴とされることが多いが、いまでは豊臀に圧倒されることを妄想する「**受身のフェチ**」へと、男の好みが移行しているのだろうか。格好のいい小尻、あるいはスケート選手のような筋肉尻を好みの範疇に含める男たちもいるが、やはり豊臀への執着が主流を占めるようだ。なかでも最近では、豊臀好きとはいいながら、巨尻による圧迫感を求めるような「マゾ」っ気までは示さずに、肉感はありながら適度な大きさで形のいい「**美尻**」のほうが好まれる傾向がある。

橘真児の『ゆうわく美尻』(双葉文庫)をみてみよう。就職で上京した青年の甘美な性体験を描いたものである。

芳明に背中を向けてから、両肘《りょうひじ》と両膝《りょうひざ》を突く。

思っていたとおりの美尻。〔中略〕

「おお……」

大胆に差し出されたかたち良い丸みは、ぽってりして美味しそうな大福餅か。見るからにモチモチとして柔らかそう。桃色の肌も、生まれたてのようになめらかだ。

〔中略〕

(素晴らしい!)

芳明は膝を進め、見事な豊臀を両手で包み込むように触れた。〔中略〕

手のぬくみで蕩けそうな柔らかさ。それでいて弾力に富む。指がやすやすと肉に喰い込むものの、離せばすぐに元の丸みを取り戻す。絹のようにすべすべした肌が、美感触を官能的なものへと昇華していた。

「んぅ……」

臀部を揉み撫でられる女が裸身をくねらせ、もどかしげな声を洩らす。

お尻フェチでも、アヌスそのものやアナルセックスに執着するのは、ちょっと好みが違って、かなりマニアックな印象がある。観賞用のお尻とセックス用のお尻といった分類ができなくもないが、官能小説では、**いずれにしても観賞のあとには性行為が描かれる。**

†ふとももフェチ

さて、世間に目をやれば**「脚フェチ」**の男は少なくないはずなのに、どうしても「脚線美」というものは映像向きで観賞用の性格が強いせいか、官能小説において執拗《しつよう》に描かれることはあまりない。だが、**「ふともも」**に関しては、肉感的なそれを熱烈な愛着の対象として描く作家がいる。

牧村僚の『義姉《あね》は人妻』（双葉文庫）を引用しよう。里帰りした義姉に欲情を抑えきれない大学生を描いた作品だ。

震える指先が内ももに触れたとたん、祐一は頭の中で何かが爆発するようなショックを感じた。完璧にわれを忘れるほど、義姉のふとももはすばらしい手ざわりだったのだ。

肌は絹のようになめらかで、肉がみっしり詰まった弾力はゴムまり以上だった。それでいて全体的には、マシュマロのような柔らかさを備えている。

「た、たまんないよ、義姉さん。義姉さんのふともも、こんなに」

あとは言葉にならず、祐一は夢中で義姉のふとももを撫で続けた。〔中略〕

義姉は大胆な行動に出た。〔中略〕

大好きな義姉のふとももに顔を挟まれ、目の前にはベージュのパンティが見えているのだ。

「いいのよ、祐ちゃん。もっとふとももにさわって。これならさわりやすいでしょう?」

「夢みたいだよ、義姉さん。こんなふうに義姉さんの体にさわれるなんて」

祐一は両手を動かし、肩に担ぐような感じで義姉のふとももをかかえ込んだ。

こうしたフェチは、いまでは広く一般的な読者の共感までをも呼び起こし、作家の人気を高める揚力として機能している。

「SM」もまた、かつてのような変態的な認識は薄れてきた。よほど極端なものでない限り、性技のひとつとして許容されるようになった。ごく普通のカップルの日常的なセックスでも、性感を昂《たか》める手段として「ライトSM」という性技が取り入れられている。そのための用具や内装をととのえたラブホテルが利用されているほどだ。

官能小説でも従来は、女の被虐美を描き出すのがSM作品の主流であったが、ひたすら加虐的な責めを続けるような展開は、最近ではむしろ限られてきており、同時に女が被虐によってマゾに目覚め、それまでは未知だった性感に惑溺《わくでき》するといった情景が描かれるケースが多い。

館淳一の『蜜と罰』(幻冬舎アウトロー文庫)に描かれた、お仕置きによって被虐快感に身悶《もだ》える女子大生——。

キッチンのフロアに十九歳の娘を立たせ、圭は縄をかけた。

「よし、両手を後ろに回して……」

「はい」
従順な態度で有紀は後ろ手に縛りあげられた。〔中略〕
圭を見上げる瞳は潤んでいた。
（もう、昂奮している）
有紀のマゾ性に感嘆しながら、圭は汚れたパンティを丸めて彼女の口に押しこんでやった。〔中略〕
椀型の、ほどよい高さに盛り上がった乳房は上と下にかけられた縄によって紡錘型に前に搾り出され、乳暈《にゅううん》がふくらみ、乳首もふだんの倍以上にコチコチに尖って迫り出している。〔中略〕
圭はその濃い薔薇色に充血した乳首を摘んで潰すようにした。
「むーウッ！」
ビクンと裸身を震わせて苦悶する。
さらに淫靡で苛烈《かれつ》な展開をたどるSM調教によって女の性感がどのように花開くのかについては、この作品のつづきを読んでいただきたいが、館淳一は女性読者のファンも多い作家で、そのことからも、かつての苛酷なSM作品とは受け止められ方の違うことがうかがえる。

＊

さて、ここまで紹介したのは、いま不況の時代にもかかわらず、世の中の「性」の潮流を映し出しながら咲き競う官能の花園のごく一部にすぎない。このほかにも**「女子高生もの」**、**「熟女もの」**、**「年下の男」**、**「性春もの」**、**「レズ」**、**「時代官能小説」**などの分野で、売れっ子作家たちが活躍している。とりわけ時代官能小説では、数年来のブームが持続しており、その「好況」を牽引《けんいん》する睦月影郎は、出版点数三百冊を突破した。

このように、官能小説といわれる世界では、現在、数多くの作家が活躍し、テーマや表現も歳月を追うごとに洗練され、物語としての完成度も高い水準にある。地下本、春本《しゅんぽん》と呼ばれ、好事家《こうずか》たちだけが楽しんだ時代からは想像もできないほど、作品を手に入れることも容易になり、ファンにとっては嬉しい時代になった。

では、こうした現況は、どのようにしてもたらされたのだろうか。**官能小説の世界は、いかにしてかくのごとく成熟したのか。**官能小説の分野にも波乱の歴史がある。第二次世界大戦後から現代にいたるまで、それぞれ一時代を築いた優れた作家たちの作品を歴史的にたどりながら、探ってみよう。

官能小説の戦後史

官能解放の時代	1945年〜60年代前半	紙不足の時代だったが、終戦直後から粗悪な紙質の小冊子が発刊され、カストリ雑誌とよばれた。変態視されていたSMや安易な筋立てのエロ小説を載せた雑誌が多く、それでも好事家のあいだでよく売れた。警察の摘発も厳しく、雑誌を発刊してはすぐつぶれ、また新刊が登場する状況がつづく。永井荷風作といわれる『四畳半襖の下張』や文芸作品『チャタレイ夫人の恋人』の翻訳書なども摘発された。団鬼六の作品が脚光をあびる。
	1960年代〜70年頃	『悪徳の栄え』などの摘発はあったが、官能作品は、作家たちの巧妙な表現により摘発の網をくぐりぬけながら発表された。川上宗薫をピークとする作家たちの活躍で、当時はエロ小説とかポルノ小説とよばれていた作品が、陽の当たる場所に出るようになる。白眼視される傾向も薄れてきた。人妻もの、痴漢もの、オフィスものなどの官能作品を名手たちが描いて、隆盛の潮流を築いていく。だが、吉田健一訳の『ファニー・ヒル』が摘発されるなど規制はあった。
群雄割拠の時代	1970年代〜80年頃	豊田行二が人気作家として官能小説の読者の裾野をさらに広げた。出版部数も抜群に多く、日本の作家所得番付で上位にランクされるなど話題となる。一般向けのポルノと凌辱やSMなど一般読者には刺激のつよいマニア系との区分はまだあったが、両者の境界はしだいに不分明となり、また官能作品内のジャンルの細分化も進んでいく。館淳一がSM誌で鮮烈なデビューを飾った。丸茂ジュンなど女流作家の登場がマスコミの話題になる。富島健夫『初夜の海』が官能小説摘発の最後。
	1980年代〜90年頃	ノベルス判とよばれる新書サイズで流通するのが一般的であった官能小説が、フランス書院文庫、マドンナメイト文庫、グリーンドア文庫など文庫判シリーズの創刊によって、多くの読者にとってさらに身近なものとなる。官能系を専門とするわけではない出版社の刊行する文庫も急増した。高竜也、綺羅光などフランス書院系の作家が活躍し、非官能系の出版社においても南里征典、北沢拓也などの人気作家の作品が量産された。奇才・睦月影郎が23歳の若さでデビュー。女流では、流麗かつハードな作風の藍川京が登場して注目される。
百花繚乱の時代	1990年代〜2000年頃	特異な個性をもった作家が数多く輩出、官能作品はバラエティと淫靡度をいっそう増していく。女子大生作家といわれ人気を集めた内藤みかをはじめとして、女流でもベテランと新人が華やかな競作をくり広げた。多彩な作品があふれるなかでも、ふともも作家の異名をとる牧村僚のほか癒し系とされる作家が読者をつかみ、官能小説界でも主流の位置を占めていく。年上の女、あるいは淫らの性戯を駆使する熟女をあつかう作品群に押され、一部の例外を除いて絶倫男を主人公とする作品は減少していく。
	2000年代〜2010年	長引く不況のあおりを受けた出版界のなかでも、官能小説は活力を失っていない。流行りすたりはあるものの作家たちの競艶は活発につづき、それぞれが読者層を確保している。人妻を中心とした熟女ものの人気は衰えないが、癒しの系列に連なる性春あるいは回春系の作品もよく読まれている。草凪優、霧原一輝、橘真児など、このジャンルで健筆を揮う作家が目立つ。また、一大ブームとなった時代官能小説の人気も衰えの兆しをみせない。今後、こうした百花繚乱の状況がどう動くのか……展望は困難な状況。

第Ⅰ部 官能小説の歴史

1　カストリ雑誌からＳＭ御三家へ——官能解放！

†官能小説の草分け？

田村泰次郎《たいじろう》の『肉体の門』は戦後の性愛小説の草分けとして知られている。だが、この小説の中身が、現代でいう性愛小説あるいは官能小説に分類されるものかというと、そうとはいえない。『肉体の門』という官能的なタイトルが独り歩きして、そんな印象を与えているところが多分にあるだろう。

一九一一年、つまり明治末期生まれの田村泰次郎は、三重県の出身で、早稲田大学の仏文科に在学中から戦前の文壇に登場し、「知性派」といわれる作品を書いていた。四〇年に応召して中国を転戦し、帰国後、再び作家活動を続けた。生死の境地に立たされた戦時中の体験から、人間の生きる姿を見つめ直し、それまで自分が信じてきた理性や精神主義が、極限下においては通用するものではなく、むしろ生身の肉体そのものによってこそ人は真実を見極めることができる、という見方に傾いたのだ。その思想を具現化した『肉体の門』などのヒットによって、その作品は「肉体文学」と呼ばれ、彼は「肉体派」の作家といわれるようになった。

ただ、たしかに、みずからの戦時中の体験を背景にしたとみられるいくつもの短編には、中国での性体験を描いたシーンもあるが、そうした性愛シーンが田村の作品において主要な位置を占めているわけではない。現代の感覚で読めば、官能を煽《あお》るものでもない。むしろ、「肉体」こそが人間行動を左右する本質にある、という彼の思いを真率に作品に描いたことが、当時の性の解放機運が高まるなかで、圧倒的な共感を得たといえるだろう。だから、戦後の「官能小説」の草分けといわれながらも、現代の意味合いとはかなり異なるところがある。

†SMめいた名場面

『肉体の門』は、一九四七年に文芸誌『群像』に発表され、その後、単行本として発行されて大きな評判を呼んだ。米軍機の空襲によって廃墟《はいきょ》となった東京中心部の有楽町や新橋周辺の焼け跡に、復興にともなって群れ集まった街娼《がいしょう》たちの生態が物語の背景になっている。

当時、戦時中の弾圧から解放され、アメリカ的な自由の空気が流れた巷《ちまた》には、廃墟のなかにも復興への活力が生まれてきていた。盛り場には、闇値《やみね》の食品などを売る露店の市が出現し、夜になると、娼婦たちが街角に立つようになった。

彼女たちには縄張りや客の男に惚《ほ》れてはいけないなどの掟《おきて》があり、それを犯した女はリンチを受けることがあったようだ。そうしたリンチの場面を描いた『肉体の門』が大評判になったために、それを脚色した場面がストリップショーにもとり入れられた。リンチを受ける女のシーンがSM的でエロっぽかったせいもあって、『肉体の門』という作品の官能性が一段と強調された、と見る向きもある。

そうした街娼のなかでも、アメリカ兵など連合国軍の兵士を相手にする女たちは、当時パンパンガールと呼ばれた。「パンパン」の語源については、インドネシア語や被占領下のサイパン島で発生した俗語がもとになっているなどといった諸説があるが、いずれにせよもはや死語であろう。アメリカ兵など欧米人を相手にする女は「洋パン」とも呼ばれたし、日本妻のようになると「オンリー」といわれることもあった。

パンパンには蔑《さげす》んだ語感があるとされるが、彼女たちは、かならずしもそう軽蔑されていたばかりではない。食糧難にあえぐ都会にあっては、軍服のＧＩ（アメリカ兵）とつき合い、華美な服装で彼らと腕を組んで颯爽《さっそう》とねり歩く彼女らは、羨望《せんぼう》の対象でもあった。当時、わりきって洋パンをしている女たちは、あこがれのアメリカ人の愛人として、むしろ誇らしげにさえ見えたものだ。敗戦による価値観の崩壊で日本男性の多くが茫然《ぼうぜん》自失しているなかで、そうした女性たちの機敏な適応ぶりは刮目《かつもく》に値するものを感じさせた。

彼女たちがつけていた鮮やかな口紅も時代を反映していた。戦時中の抑圧から解放され、女性たちのおしゃれへの欲望が、にわかに復活していたのだ。口紅は、米軍キャンプからの横流しもあったが、化粧品メーカーがいちはやく製造をはじめたほか、物資不足の都会でも闇ルートで原料の油脂さえ入手できれば家内工業的に安物を製造できた。つくりさえすれば飛ぶように売れたのである。

†エロ雑誌誕生

こうした世相は、本や雑誌においても共通のところがあった。紙不足で、出版は困難だったが、紙さえ入手できれば、出版社は確実な儲《もう》けをあてにすることができたようである。食糧難にあえぎながらも、娯楽や情報に飢えていた日本人のなかには、本や雑誌にとびつく人たちが多かったのだ。そんな当時の出版状況の一隅にエロ雑誌があった。

戦後の官能小説は、『肉体の門』のような文芸作品よりもむしろ、そうした雑誌の出現によって活発に動き出したとみることができる。くず紙を漉《す》きなおしてつくった質の悪い仙花紙《せんかし》という洋紙を使い、印刷すると活字が裏に透け出てしまうほどで、「雑誌」とは名ばかりの、ごく薄いパンフレットのようなものが多かったが、それでもよく売れた。戦時中の弾圧から解放されて性の自由を謳歌《おうか》する内容の雑誌はとりわけ人気があったのだ。

戦後まもなく『りべらる』『くぃーん』などが発刊された。暴露本ともいえる『真相』なども評判になった。「桃色雑誌」と呼ばれ、のちに「カストリ雑誌」といわれた『猟奇』や『赤と黒』などが出たのも、この頃だ。当時、カストリ（粕取り）焼酎といわれた劣質の焼酎が出回り、それを飲むと悪酔いして二、三合で酔いつぶれるので、二、三号ですぐにつぶれる雑誌を語呂合わせ的にカストリ雑誌と呼ぶようになったとする説がある。

ただ、こうした雑誌の多くがすぐに廃刊した背景には、当時すでにうるさくなっていた警察の「エロ」へのチェックを逃れるために、発刊してはつぶし、タイトルを変えてまた

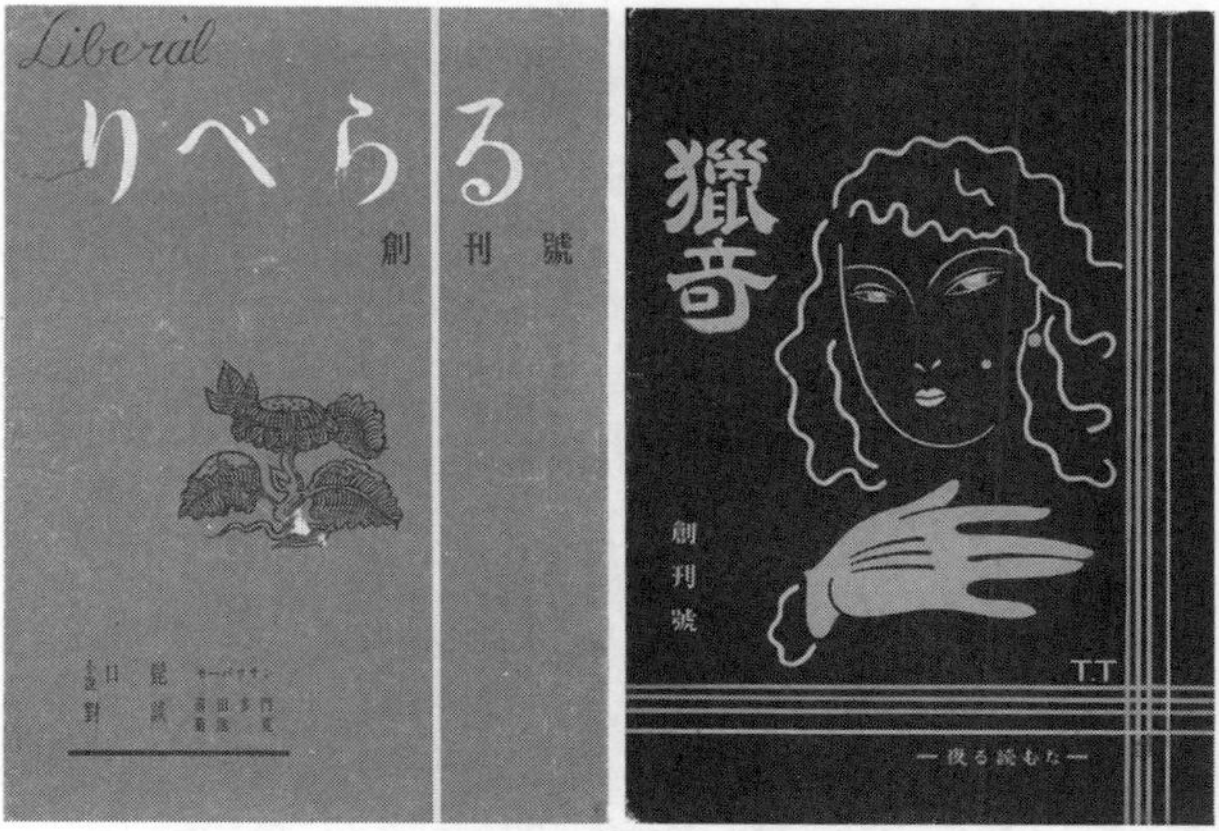

『りべらる』と『獵奇』の創刊号

発刊するといった戦略の側面も、実際にはあったようである。

手元の資料によると、敗戦翌年の昭和二十一年（一九四六年）一月に大虚堂書店（東京・本郷区）から創刊された『りべらる』は三十六ページで一円二十銭。当時、物価はめまぐるしく変動したが、昭和二十一年には大学卒の国家公務員の初任給がおよそ六百円、闇値の米価は一升五十円以上という資料もある。大佛次郎、菊池寛、小島政二郎などが執筆しており、官能部分はない。あえていえば映画についての評論「接吻の美學」（園部みどり）ぐらいだが、戦時中は「接吻《せっぷん》」という言葉さえとがめられていたのだから、このタイトルでも、きわめて新鮮な刺激があったのだろう。この雑誌は、すぐ売切れになるほどよく売れた。

また、『猟奇』は同年十月に茜書房（東京・世田谷区）から発行され、定価はぐっと高く二十円（講読会員は一ヵ月十円）。表紙には「夜る読むな」と書かれているが、内容は、官能というよりは、蛇が女陰に入ったとか、江の島弁財天との情交といった奇譚《きたん》が主体。いま読めば、コンドームの広告「アトデ？　心配させるなんて男の恥です。最上製保証付サック一ダース二五圓」などが目をひく。

『猟奇』は創刊号で二万部刷ったのが即日完売したというのが語り種《ぐさ》になっている。次号からの刷り部数は三倍、五倍とはね上がったという。にもかかわらず、五号ほどで廃刊になったのは、前述したように、売れれば警察が目をつけて摘発にかかるといった事情があったからでもあるのか。また、こうした雑誌のほかにも、もっともらしい社名はついているが実体のわからない出版社の本や雑誌が数多く売られていた。

小栗風葉《ふうよう》の作といわれる『むき玉子』とか作者不詳の『きんちゃく日記』といったタイトルの本が、仙花紙を薄く束ねた冊子のような体裁で、好事家のあいだに密《ひそ》かに出回っていたのもこの頃だ。こちらは現代のポルノに共通する煽情的な描写があって、当時の読者にとっては興奮せずにはいられない内容のものであった。もっとも類似本や偽物が多く、同じ内容で主人公の名前だけ変えてあったり、ストーリーを混合したりという即席本が地下出版されていたので、どれが原本なのかもわからず、興奮するどころか苦笑させられる本もあったが、こりずに入手したがる読者は少なくなかった。

†『奇譚クラブ』創刊

団鬼六《だんおにろく》、千草《ちぐさ》忠夫、沼正三（『家畜人ヤプー』の著者）といった後年の有名作家を生む土台になった雑誌『奇譚クラブ』が大阪の曙書房から創刊されたのは、一九四七年のことである。SMや凌辱《りょうじょく》の分野を先駆的に取り入れた風俗雑誌だ。当時はまだSMという言葉は一般的ではなく、女を縛って責めるという行為は「変態性欲」とみなされており、マニアのためだけの専門誌にすぎなかった。この雑誌は、途中、発禁による休刊はあったものの、三十年近くも続き、好事家のあいだに名を広めた。手元にある一九五三年八月号（定価百円）には、「新時代の風俗雑誌」と表紙にあり、執筆陣には沼正三、伊藤晴雨の名もみられる。緊縛の挿絵のほか、顔はみせない被縛女性の写真もある。

それを追いかけるように、東京では『風俗草紙』が発刊された。この両誌をはじめ『裏窓』などに、いくつものペンネームを使い分けて作品を書き、編集にも加わった**濡木痴夢《ぬれきちむ》**

男《お》にかつて話を聞いたことがあるが、当時のマニアの性的志向と現今のＳＭ作品の風潮にはかなりの違いがあるという。

女を縛り、責めて、被虐に悶える官能美に興奮するのがマニアの本筋であった。その観点からすると、女を責め上げたあげくにセックスに持ち込まないと満足しない読者が増えてきたという現在の風潮は、マニアにとっては是認しがたいようだ。セックスそのものはすでにノーマルな行為であって、変態とはつながらない。本来のマニアは、セックスシーンは求めないものらしい。

そのうえ当時は、警察の摘発がきびしくなるにつれて、性交そのものを描写すれば、たちまち発禁にされるおそれがあった。警察はこうした「変態」雑誌を目の敵《かたき》にして、なんとかつぶしてやろうと身構えていた。だから**ＳＭのあと性交にはいたらない**。性交そのものを描写すれば、すぐに警察に呼び出されてしまう。また雑誌中の挿絵にしても、縛られた女を描くのはいいが、たとえば、その背景に蒲団《ふとん》が描かれていれば、それはセックスへの移行を意味するものだと難癖をつけ、出版関係者を呼びつけ、油をしぼるといった具合であったという。

なお、濡木痴夢男がいくつものペンネームを使い分けたように、この種の雑誌ではそうしたことが通常に行なわれていた。同一の作家が、一冊の雑誌にいくつもの作品を名前を変えて書くことは、とりわけ秘密にもされておらず、読者は気にもせずに読んでいた。女性作家の名前で告白調に書かれた作品も、ほとんどは男性作家の変名だった。

挿絵も同様で、たとえば『奇譚クラブ』で読者に絶大な人気を誇っていた縛り絵画家の喜多玲子は、この雑誌の創刊を手がけた編集者で画家でもあった男性の変名だった。だが読者は、女流画家が女の被虐美を描くという情景にマニアックな妄想を募らせた。それを目的に購買するファンも多かったという。

†団鬼六――SM小説の巨匠

『奇譚クラブ』からはばたき、マニアに限らず現在も幅広い層にその名を知られているのが、SM小説の巨匠・**団鬼六**である。

団鬼六は一九五六年、二十五歳のとき『奇譚クラブ』の懸賞小説として、花巻京太郎の筆名でSM小説「お町の最後」を書いて応募し、入選した。また、その翌年には文藝春秋のオール讀物新人杯に「親子丼」で入選するなど、多彩な作家活動に入っていた。その後、相場師を題材にした『大穴』(五月書房刊、現在、角川春樹事務所)がヒットし、映画化もされ、一躍注目される作家となったが、自伝などによれば、その間バーの経営に手を出して失敗するといった波乱の時期を過ごしたようである。

三十歳当時に『奇譚クラブ』に連載していた『花と蛇』は好評だったが、このような事情からか、執筆を中断して三浦半島の三崎に引っ込んで中学校の英語教師になっていた。だが、そこに『奇譚クラブ』の編集長から『花と蛇』の続きを書くよう依頼があり、「団鬼六」の筆名で執筆を再開したところ、これがさらに大人気となった。『花と蛇』は**SM小説の古典的名著**とされて、現在でもファンが多い。感興深く読める名作である。

『花と蛇』(太田出版)の「調教篇」で、財界の大立者の妻、和服が似合う二十六歳の静子夫人が、誘拐され、恐喝をたくらむ一味の配下の女たちによって緊縛されて苛酷に責められる場面を、参考までに掲出しよう。

静子夫人は激しく狼狽して一糸まとわぬ素っ裸を狂おしくのたうたせた。

「おっぱいを隠したり、股《また》の間を隠したりするその両手が邪魔なのよ」

女達は夫人の両腕を背面にたぐると素早くその両手首を滑らかな背面の中程で交錯させてキリキリと縄をからみつかせていく。両手首を縛った縄尻が前面に廻って夫人

の形のいい両乳房の上下を固く緊《し》め上げていった。〔中略〕

しかし、それでも立膝に縮ませた腿と腿とは一層、頑《かたく》なにすり合わせて女の恥部だけは必死に覆い隠そうとしているのだ。〔中略〕

「そんな風にそこを隠したがれば、女の私達だってどうしてもそこをはっきり見たくなるわね」

その後も、強豪ながら破綻《はたん》者的な生き様をみせた賭け将棋の伝説的な棋士を描いた『真剣師　小池重明』(幻冬舎アウトロー文庫)のような異色の傑作を生んだり、映画監督や緊縛写真のプロデュースをしたりするなど、いまも多彩な活動を続けている。また、型破りのプロボクサーから異色タレントに転進した、たこ八郎の面倒をみたり、将棋好きがこうじて採算のとれない将棋誌の経営を引き受けたりするなど、SM作家のレッテルにとらわれない自在な生き方をしている。

それでいながら官能小説の系譜でいえば、マニアの世界の、いわば「裏」の存在だったSMを、広く一般に認知させたことへの団の貢献度は大きい。なにやら恐ろしげなペンネームから連想される「暗黒世界の住人」といったイメージとは違って、実際は気さくな人柄であり、マスコミにたびたびそうした素顔を見せていることも、一般読者がSMに対していだいた、かつての凄絶《せいぜつ》なイメージを緩和することに役立ったのではないか。おかげでSM作家を名乗ることに後ろめたさがなくなったという後輩たちもいる。

†空想家・千草忠夫

こうした団鬼六の軌跡とは対照的に、SM小説の双璧《そうへき》といわれながら、ついに死ぬまで世間には正体を現わさなかった作家が**千草忠夫**である。短編では三百編、長編でも百二十冊をこえる膨大な量の作品を書き、熱烈なファンをつかんでいながらも陽の当たる場所は避けて、いわば裏の世界の作家であることに終始した。北陸に引きこもって、実像を知る人はごく一部の編集者などに限られていた。

年齢は団鬼六より一歳年上ながらSM作家としてのスタートはすこし遅く、一九六〇年に『奇譚クラブ』の懸賞に応募して入選した「雌雄《めすおす》」が処女小説とされている。当時は九《つ》十九《くも》十郎のペンネームで、それ以後、『奇譚クラブ』のほか『裏窓』『SMファン』などに執筆をつづけ、千草忠夫のほかに乾正人を筆名にした時期もあった。

情感をこめた独自の文体で官能を追求した千草の作品には熱心なファンが多い。一九九五年に六十四歳で病死して以後も、『千草忠夫選集』（KKベストセラーズ）、「陵辱学習塾」シリーズ（日本出版社）、『定本・悪魔の刻印　媚獣恥姦』（マドンナメイト）など、現在まで作品が発刊されつづけているのは、その作品群の人気の高さに衰えがみられないからだろう。

千草は、SM誌に投稿して作家デビューへと向かう段階では、団鬼六の作品にみずからと同じ嗜好を見出す愛読者であったようだ。団によると、彼が三崎の中学で英語教師をしていた時代に、『花と蛇』に共感したといって千草忠夫から手紙が届き、そのあと本人がいきなり訪ねてきたことがあるという。その頃は千草もSM小説を書き始めており、同じような立場の兼業作家として、親近感から二日ほど飲んで語り合ったという。団鬼六も、教師をしていた時代は、さすがにSM作家であることを公表できない境遇にあった。生徒に自習をさせて、教室でSM小説を書いていたという話もあるが、事実かどうか。尾ひれのついた逸話かもしれない。

千草自身はといえば、ずっと後年まで、地元の知人らにはもちろん家族にさえも、そのもう一つの職業を明らかにすることはなかったようだ。たまに上京してきて、編集者に女のいる店などに案内されても、はにかみ屋でおとなしく、作品のイメージのような行動はとらなかったという。巨体に似合わず繊細な神経の持ち主であり、生真面目な性格であったと、実像を知る数少ない編集者は語っている。作家にもいろいろなタイプがあるが、千草忠夫は実践派ではなく典型的な空想家タイプであったといえる。官能小説が**豊潤なイマジネーションの産物**であることの証となる作家であった。

このように団鬼六と千草忠夫は、一見、資質の異なる作家のようであり、ファンの見方も分かれているが、それでいて責め場において女の感応する姿の描写には、共通する部分が多い。

†凌辱の名手・蘭光生

団鬼六、千草忠夫に蘭光生《らんこうせい》を加えて、「**SM御三家**」といわれた時期がある。彼らよりやや年少の**蘭光生**は、早稲田大学大学院を修了した学究肌タイプだった。ワセダミステリクラブの創立メンバーであり、この作家も英語教師のかたわら健筆をふるった。

蘭光生のほかに式貴士などいくつものペンネームを持ち、SF小説ほか、博識をもとに多彩な作品を残している。官能小説では「**凌辱の名手**」といわれ、ハードな作品が多い。彼は、後述するように、現在の官能小説界で、とりわけSM系での巨匠といわれる存在である館淳一のデビューにも貢献している。その蘭光生は一九九一年、SM御三家ではいちばん先に世を去ってしまった。

「淫虐教室」(『奏　秘悶の女』徳間文庫に収録)から、ごく一部を掲出してみよう。組関係の男が、小学生の娘の授業参観で若い美人の女教師に目をつけ、誘拐して、老年の組会長に差し出す。屈身台という細長いベッドに縛られた女体――。

会長の執拗な指先の動きにつれ、反り返った胸乳を大きく波うたせて嶋先生が喘ぐ。時々、腿がピクピクとひきつれたように痙攣《けいれん》し、哀しい呻き声が洩れる。花びらのあわいにひっそりとうずくまるように息づいている小さな赤い蕾《つぼみ》を指先で引き出すように弄《いじ》ると、嶋先生の口から耐えきれぬような喘ぎが洩れた。

「あーっ、あーっ!」

だが、指先でくじるように花芯を愛撫しつつ、蕾を摩擦しながら、台の振動スイッチを入れると、美沙緒の反応は堰《せき》を切った奔流の烈しさを示した。

「いやーん! あーっ! やっ、やっ……ああ――!」

2　性表現の取締りは何をもたらしたか

†『四畳半襖の下張』の摘発

ここで一度、SM御三家の活躍した時代から、敗戦後まもない時期に時計の針を戻そう。当時の性表現の取締りについて一言触れておく必要があるからだ。

永井荷風の作と伝えられた春本『四畳半襖《ふすま》の下張』が摘発されたのは一九四八年、つまり敗戦からまだ三年しか経っていない時期であった。

戦争の終結によって、言論弾圧から解放され、性表現も一気に自由になったと誤解されがちだが、自由というよりはむしろ、敗戦の混迷きわまる情勢下、取締りをする体制側も混乱していたごく短い期間に、統制のゆるんだ状況が出現しただけともいえる。それ以後はまた性表現に対する規制が強化されていった。

たしかに戦時中にくらべれば、「解放」があったと見ることもできるだろう。軍国主義体制のもとでは、男女の交際そのものが軟弱と指弾され、若い男女が二人で街中を歩くこともはばかられたし、手をつなぐなどということは、それだけで不埒《ふらち》とされ、憲兵に叱責《しっせき》を受けることにもなった。

そうした弾圧から解放されたとはいえ、しかし、たとえば男女の交わりを描くのに「挿入」という言葉が使えなかった状況は一九六〇年代まで続いたのである。だから、一九四〇年代に『四畳半襖の下張』が摘発の対象となったことは決して異例とはいえないだろう。戯文調ではあるが煽情的な性交場面が綿密に描かれている作品だ。

この作品は、のちに(一九七二年)、月刊誌『面白半分』(野坂昭如編集長)に全文が掲載された際に猥褻《わいせつ》文書販売で起訴され、出版史上に名を刻む猥褻裁判になったことでも知られている。『面白半分』は、編集経験者の佐藤嘉尚が設立した株式会社面白半分から一九七一年に創刊され、初代編集長が吉行淳之介、二代目が野坂昭如というように、人気作家が独自の方針を打ち出して編集に携わったユニークな雑誌である。

この裁判では、特別弁護人として丸谷才一のほか、証人として五木寛之、井上ひさし、吉行淳之介、開高健、吉田精一、中村光夫、石川淳、金井美恵子、田村隆一、有吉佐和子など多くの作家、詩人、学者などが出廷し、持論を展開して被告側を支援した。その論拠は多岐にわたるが、弁護側の主要な論旨を挙げると、①性描写は文学に内在する人間性の表現に不可欠、②表現の自由に国家権力が介入すべきでない、ということであった。

しかし、戦後まもない一九四八年の摘発の際には、大きな論争にもならず、警察に呼び出された永井荷風は、自分の作品ではないと否定して、争うこともなかったという。ただ、この作品にはそれまでにもいろいろな流布本が存在していて、どれが正本かもわからない状態であった。そのため、地下本として売られた本が荷風の作かどうかには議論の余地があるものの、現在では文体からみて原本は荷風作であろうという説が定着している。

†戯文体の性描写

異本が多くあるなかで、荷風作といわれる作品は、金阜山人という筆名で書かれている。大まかな内容は次のとおりだ。

久しく売家に出されて買い手のなかった待合茶屋を、物好きな老人が買った。あちこち造作の手入れをしていくうちに、小部屋の襖の下張りにされていた反古紙《ほごがみ》に書かれた戯文を見つけ、経師屋《きょうじや》の水刷毛《はけ》を借りて、剝《は》がしながら読んでいく。すると、そこには女好きの男が、中年になって、遊び女を熟練の性技で責めまくる情景が描かれている——こうした筋書きの作品である。

まづ入れたまゝにて横になし、女の片足を肩へかつぎ、おのれは身を次第にねじ廻して、半分後取の形、抜挿電灯の光によく見ゆれば、お前も見て楽しみなと知らすれど、女は泣き脹らせし眼つぶりしまゝにて、又いいのよ、どうしたんでせう、あなたあなた、アレわたしもう身体中が、と皆まで言い得ず四度目の気をやり始め、ぐッと突き込まれる度々、ひいひい言って泣続けしが、突然泣き止むと見れば、今にも息や絶えなんばかり、肩にて呼吸をつき、両手は両足もろともバタリと投出し、濡れぼゝさらけ出して恥る風もなし。

きわめて語調がよく、句点までを一気に読ませ、淫情を誘う文章である。一九四八年に摘発された時点では、当時の社会風潮からみて、官憲の好餌《こうじ》にされたのもうなずける描写であろう。矢切隆之『なぜ「四畳半襖の下張」は名作か』(三一書房)のほか、現在は

『秘版・続 腕くらべ』(河出・i文庫)にも収められている。

当時の世情は、統制と民衆のエネルギーの抗争のなかで波乱の様相をみせていた。こうした性描写の摘発だけではなく、この翌年には下山事件、三鷹事件、松川事件があいついで起きることになる。

そうした時代だけあって、内向するほかない人びとの性的欲求は、半面で、つねに出口を求めて蠕動《ぜんどう》していた。セックス記事を主体にした雑誌『夫婦生活』が一九四九年六月に創刊され、大ヒットになったのもその反映といえる。発売日に七万部が売り切れになったという。その中身は当時とすれば煽情的な内容だったが、巧みに摘発のきめ手を逃れるような表現がなされていたせいか、一九五五年まで続き、戦後の性文化において、一時代を画する出版物となった。

ちなみに、余談ではあるが、避妊薬が出回ったのもこの年である。あらかじめ膣に挿入して精子を薬滅するタイプだったのに、間違って服用してしまう女性たちがいたらしい。「飲んでも毒にはならないが効き目はありません」といった注意が発表されて話題になった。

†『チャタレイ夫人の恋人』

この翌々年にあたる一九五〇年、D・H・ロレンスの『チャタレイ夫人の恋人』(伊藤整訳、小山書店刊)が摘発されて、猥褻か芸術かの大論争を巻き起こす裁判へと発展していった。「ロレンス選集」の一、二巻として発刊され、まだ紙質もよくないものではあったが、古い自意識から解放されてゆく女性の生き方と「性」とを描いたもので、文芸ファンには刊行が待望された一冊であったといえる。

ところで、この作品の摘発の根拠とされたのは、刑法の猥褻文書頒布罪であった。ここでも猥褻の定義があいまいだから、どうしても摘発側の恣意《しい》的な判断によるという印象は否めなかった。最高裁判所の判例によれば、刑法でいう猥褻とは、「いたずらに性欲を興奮又は刺激させ、しかも普通人の正常な性的羞恥心を害し、善良な性的道徳観念に反するもの」というのだが、なにしろ判断の基準とされる「正常な」とか「善良な」という言葉の意味が、そもそも著しく流動的なものである。

この作品に描かれている性的シーンは「猥褻」といえるのか。新憲法のもとで(性)表現の自由は保障されるのか——ここでも議論は白熱し、裁判は長期にわたった。弁護側には、正木ひろし、福田恆存、吉田健一、波多野完治といった論客が顔をそろえた。

結論をいうと、東京高裁の出した判決は有罪であり、その判断は最高裁においても覆らなかった。したがってそれ以後は完訳本の出版はできなかったのだが、ようやく一九九六年になって、伊藤礼の補訳による完訳版が新潮文庫から刊行されている。刑法の猥褻文書頒布罪の規定自体は変更されていないにもかかわらず、この本は摘発されていないのだから、「猥褻」の定義がいかに不安定であるかが推察できよう。

†チャタレイ夫人の性交シーン

伊藤整訳による小山書店版は、翻訳文の調子が色濃く、いまでは若い読者には読みにくいかもしれないが、新潮文庫版ではずっと読みやすくなっている。しかし摘発当時のことを知るために、以下では、小山書店版によって性描写を掲出してみよう。

この作品は、まずコンスタンス・チャタレイ夫人と彼女の夫との生活から始まる。二人は結婚し、ごく短期間の蜜月を送ったが、夫のクリフォード・チャタレイ卿は第一次世界大戦に召集される。六カ月後に彼はイギリスに送り返されたが、負傷によって麻痺《まひ》した下半身は癒えることはなかった。妻のコンスタンスは二十三歳、夫は二十九歳だった。

クリフォードは准男爵の家柄ではあったがそれほど裕福ではなく、妻のコンスタンスは献身的に夫との生活を支えていった。そんな彼女が領地の森を散歩しているとき、森番のメラーズと出会い、彼に惹かれるようになる。そして、身分を越えた性愛を重ねるうちに、自分らしい女としての生き方に目覚めていく。

上下巻のうち後者のほうに丹念に描かれた性表現が多いことから、発売当初は下巻のほうがよく売れたというエピソードも伝えられている。たしかに前半では晦渋《かいじゅう》な文章がつづく部分もある。

ここでは、下巻のなかでも、メラーズとチャタレイ夫人の性交シーンがとくに生々しく描きこまれている箇所から、ごく一部を引用しておこう。

強く無慈悲に彼が彼女のなかに入るとその不思議な怖ろしい感じに彼女は再び身震いした。彼女の柔く開いた肉體に入って來るものが劍の一刺しであったならばそれは彼女を殺したらう。彼女は突然激しい恐怖に襲はれてしがみついた。しかしそれは、太初に世界を造った重たい原始的な優しさであり、安らぎの入って來る不思議な感じ、秘密な安らぎの侵入であった。そして彼女の胸の中の恐怖が鎭まった。彼女の胸は安らぎの中に身を委せた。

ここはもちろん裁判で「猥褻」と指摘された部分である。どういう読み方をすればこれが「猥褻」にあたるのか、いまではわからない読者がほとんどだろう。

だが、こうした時代的な制約が長く残ったため、官能作家たちは、それに適応する必要に迫られた。そのため、官能表現は、暗喩《あんゆ》やオノマトペを多用するなど、いやおうなく抑制された隠微さを追求していくことにもなり、それがかえって豊潤な多様性への模索につながったのである。

3　ポルノ躍進の時代――北原武夫から川上宗薫へ

†北原武夫の登場

官能表現の取締りは、一九六〇年代にかけてすこしずつゆるやかになってはきたが、まだ現在とくらべれば、きわめて窮屈な枠がはめられていたといえよう。たとえば〝挿入〟という言葉は、かりに作家が使ってきた場合でも、編集者が警戒して言い換えを求めたような時代だった。〝貫く〟という言葉であれば、それほど語感が淫靡ではないせいかどうか、許容範囲内にあったようで、北原武夫などが「**女体を貫く**」といった感じで用いていた。

北原武夫から官能小説に入ったという読者は、いまの中高年層にはかなり多い。彼の作品には、当時、二十代あたりだった読者にとって、ぐっと股間にこたえる表現があったことは間違いない。

一九〇七年に生まれ、七三年に死去した作家だから、生まれとしては、同じく明治生まれの田村泰次郎よりも四年ほど年長ということになる。田村は早稲田大学の仏文科卒だが、北原は慶應義塾大学の国文科卒で、当時としては出身校のカラーの違いということがあったと思われる。

北原は、大学を卒業してから『都新聞』文化部の記者になり、一九三八年に発表した小説「妻」が芥川賞候補になって注目された。作風は、そのころの私小説とは異なって、ちょっと洒落た雰囲気があり、ダンディな趣向が目立っていた。見方によってはキザとも受けとれたろう。しかも作風は、肉体表現に重点をおくようなものではなく、むしろ男女の心理的な動きの描写に新しさを求める手法だったといえる。当時は異色と見られており、かならずしも評価が高い作家とはいえなかったようだ。

北原に関していえば、その作品よりもむしろ、恋多き女として知られる宇野千代との結婚が有名かもしれない。彼女は一八九七年生まれの山口県出身で、小学校の代用教員として勤めていたが、恋愛事件で退職し、その後、朝鮮に住んだこともある。結婚して札幌に住んでいた一九二一年に書いた処女作が新聞『時事新報』の懸賞小説に当選し、上京して作家活動に入った。のちの三九年に北原と再婚するが、彼よりは十歳年上の姉さん女房ということになる。それ以前にも、作家の尾崎士郎やフランス帰りの画家・東郷青児との同棲や別れといった、当時とすれば華々しい色恋の遍歴でも知られ、新しい時代感覚を身につけた奔放な女の先駆的な生き方として評判になった。東郷青児との恋の遍歴をつづった「色ざんげ」は初期の注目される作品とされる。

北原にも離婚歴がある。宇野千代とは二回目の結婚だった。ふたりの作風や生き方からしても、その男女関係の結びつきがいかに熱烈であったか推察できる。

北原武夫は、女性の生き方や服飾の流行に関心の強い宇野千代が創刊した女性誌『スタイル』に協力したが、経営は思わしくなかったようで、その赤字の穴埋めに、しきりに官能小説、当時でいう通俗小説を書くようになったといわれている。だが、こうした経緯はともかく、戦後も書き継いだ北原が官能の分野で突破口をひらき、多くの読者を獲得したことの意義は大きい。北原に師事して『三田文学』などで作品を発表した川上宗薫《そうくん》が、その後に官能小説で果たした役割もきわめて重要ではあるが、それ以前にまず北原が開拓した読者層が現在へとつながっているともいえる。

ちなみに北原の作品で官能小説を読む感興を味わった読者のなかには、新聞社や雑誌社に入って、文芸部門を担当するようになった人たちもいる。そうしたメディアにおける官能小説の隆盛から判断しても、いま中高年になった読者が、北原武夫をきっかけにして性愛小説の読書に手を染めたことのめぐり合わせがわかるだろう。

†北原武夫の官能表現

北原の官能表現についていえば、統制がゆるみつつある時代を反映して、かなり大胆な表現があるかと思うと、他方で摘発を避けるかのように抑制した表現がみられたりする。たとえば、「鉄の火のように強靭《きょうじん》で熱い彼の肉の力強さは、溶《と》けるような快美感で何度も私の内部を焼いた」(「快感に憑かれた人妻」『奏　秘悶の女』徳間文庫所収、初出は『問題小説』一九六八年六月号)という表現がある。これを、「膣内に彼の熱いペニスが挿入され、私は何回も絶頂に昇らされた」というように表現しないところは、いまの官能小説の描写にくらべずっと間接的である。たしかにペニスが膣に挿入されているとは読めるのだが、そうは書かずに、読者にその臨場的な肉感を伝える表現を工夫しているのだ。

その他にも、文学的な修辞を用いた表現が目につく。むろん、それが可能なのは北原が独特の筆力をもっているからでもあり、また、こうした間接的な官能描写のほうが、いっそう読者に淫靡な情感を沸き立たせる効果があることも斟酌《しんしゃく》されているのだろう。

たとえば、同じく六〇年代後半に書かれた『悪女たちの饗宴〈女の誘惑シリーズ〉』（光文社）では、以下のような表現がなされている。アメリカ帰りで独身のインテリア・デザイナーが、外国人の多いホテルで会った令嬢風の女と交わるシーンだ。

それからあと、お互いに一つになってからの十数分間は、彼にとって、この世のものではないような陶酔と恍惚《こうこつ》の連続だった。つづけさまに絶頂に達しながら、二十三歳の若い彼女は、さすがにそれほどのエネルギーがつづかないらしく、「ねえ、もう勘弁して！」とか、「もうやめて！」とかいう言葉をそのたびに口から発しながらも、薄い絹や羽二重《はぶたえ》を練り合わせるような繊細なすすり泣きをつづけ、今にも絶え入るような声を出してはげしく身をよじる身悶《もだ》えの甘美さといい、どこか品のよさの中にも若い野性味を露き出しにして、彼の肩を嚙んだりはげしく彼の背中に爪を立てたりする無我夢中なしぐさといい、それより何よりも豊かな樹液にあふれる彼女の熱い内部の、こっちの体に吸いついたら容易に離れない、ねっとりとからみつくような、幾重にも真綿の襞《ひだ》を重ねたような、言いようのない奥深い柔らかさといい、ことごとく、この若さの女には、彼がはじめて経験したような甘美さがあった。

†アナルはOK?

いまから思うと意外かもしれないが、アナルセックスについては、もっときわどい表現がみられる箇所がある。「性行為とは何か」をめぐる当局の明確な定義を読んだことはないが、いまでも金銭を介した同性愛男性のアナルセックスや、また女性が相手の場合であってもアナルセックスだけならば性交とはみなされず、したがって売春にはならないと判断されるという記事を読んだことがある。

現在のマニア系のエロ写真誌などでも、一般に売られているものでは、女性器は大陰唇の縁までしか写し出されておらず、その内側はモザイクやボカシになっているのに、肛門はそのものがはっきり大写しされているだけでなく、肛門鏡を挿入して内部まで写されていることがある。つまり肛門は性器ではないので、体の他の部分、たとえば口腔などと同じにみられており、摘発を受けないということだろうか……。

こうした傾向は、やはり北原武夫の時代も同様であったと推察できるのではないか。性器と性器の結合でなければ性交とはみなされず、したがって表現がいくらか直截《ちょくせつ》でも見逃されたようである。

「私の陰微な個所に、熱く燃え上ったあの鋼鉄の火が、一気に突き刺さったのとが、殆ど同時だった」（前出「快感に憑かれた人妻」）というくだりの「陰微な個所」がアヌスであることは前後の関係からあきらかで、ここでは「突き刺さった」といった表現がそのまま使われている。

川上宗薫の登場

一九六〇年代にかけての日本社会では、三池炭鉱での労働争議が激化し、また、岸信介首相らが推進する日米安全保障条約の改定への反対闘争が盛り上がりをみせるなど、政治の季節の様相を呈していた。他方で、歌謡曲では橋幸夫の『潮来笠』がヒットし、映画では『太陽がいっぱい』のアラン・ドロンが女心を魅了するなど、大衆文化が華やいだ。複雑に交錯した世相は、六二年に生まれた流行語「無責任」の時代を経て、六四年の東京オリンピック開催へと進んでいく。

そのあと六五年頃に「高度成長のひずみ」といわれる時期が来るが、**不況のときはポル**

ノが売れる、という通説を裏づけるように、官能小説は、しだいにその活躍の舞台を広げていく。当時の官能小説は、ＳＭを中心とするマニア誌において、特定の読者を対象として地下水脈を保っていたが、それと同時に、一般の娯楽誌や一部の文芸誌にまで進出し、ファンを獲得するようになっていった。

川上宗薫が官能小説で話題になったのは、一九六〇年代の中期以降からである。それまで陽の当たらない場所で、なにか後ろめたさを背負いながら書かれていたこのジャンルから、いきなり売れっ子作家が生まれたのだから、その衝撃はいかほどのものであったろう。川上宗薫のおかげで、官能小説ははじめて広く一般の読者に認知されたといっていい。世間に遠慮しながら書いていた売れない官能作家たちのなかにも、川上宗薫のおかげで自分の作品を世に送り出すことに、忸怩《じくじ》たる思いをいだかずにすむようになったという人がいた。

川上の官能小説は、たんなるエンターテインメントとしてではなく、「性」をめぐる男の本音を赤裸々に明かした文芸作品として、また同時に、女がおおやけにさらすことのなかった性の快感の秘密を、作者自身の体験にもとづき生々しく記した観察記録として描かれている。それこそが、あれほどの大人気を生んだ秘密といえよう。

†実践する官能小説家

川上は、最初から官能小説を書いていたわけではない。一九二四年に愛媛県に生まれ、九州大学の文学部英文科を卒業した後、高校の英語教師をしながら作品を書いた。一九五四年の「その掟」のほか、通算で五回も芥川賞候補になり、文学仲間では知られた存在だった。その作家が六〇年代からいわゆる「中間小説誌」にポルノを書いて、いちやく人気作家になる。

名声も収入も手に入れた川上は、また、「執筆のための実践」という名目で重ねた性体験によっても、にわかに脚光を浴びることとなった。そのため、それを妬《ねた》んだ文学仲間からの風当たりは強かったようだ。そんなことには開き直っているようにも見えたが、その開き直りが、かえって屈折として受け取られるような言動がないではなかったようである。これは、後述する富島健夫にも共通したところがあるように思われた。

作品化のための性体験は、川上宗薫が書いた小説自体や、彼の日常をめぐるマスコミ報道などでも語られ、その姿は傍《はた》から見れば男冥利《みょうり》に尽きるともいえるものであった。リアルな描写をするための取材にということで、売れっ子官能作家になってからは、目標と定めて毎月十人ぐらいの、人妻を含めた女たちと性体験をしていたという。五十代半ばでも、月に十人以上を欠かさないと書かれたりした。

彼はどのようにして、それだけ多数の女を見つけられたのだろうか。一説によれば、ツテを頼ったり、以前に寝た女からイモヅル方式に紹介を受けたりするなど、考えうる限りの手段を尽くすことで、次の相手を探してきたという。もはや「男冥利」というよりは、鬼気迫る作家の執念といったものさえ感じられるが、そうしたいきさつまでは、作品自体からは読者には容易にうかがえない。

†失神派

川上の作品では、手順を尽くして女と出会い、肉体を通じてその女を知るというストーリーが典型的である。男は女体を楽しみながら、性技を発揮して、女を絶頂に導く。それによって女が悶えまくり、あげくに絶頂をきわめて失神する情景が特徴的に描かれたので、「**失神派**」と呼ばれることもあった。以下は、『教えて下さい』(ベストロマン文庫)からの掲出である。レコード店店主の愛人になっているOLが、生け花の師匠の息子と関係をもった場面。

彼女は、「ああ、そこ」とか叫んで、木暮の腰に廻している両手に力をこめた。なるべく深く迎え入れたいと思ったからである。

少年のそれは、高い硬度に富んでいた。しかも、形も体積も、絹の好みといってよかった。

絹は、自分の方が四つん這いになっていた。特に褐色の肌の男と行う場合には、この体位がよく似合う。〔中略〕

絹は、強力なボディブローを喰らったボクサーのように、一打ごとに呻きを発していた。そして、深く達し、平べったくなっていた。〔中略〕

絹は、ほとほと、自分の好色な体に呆れ果てていた。

絹は、ついに、絞り出された感じに、ベッドに突っ伏していた。

彼女は、やがて気がつき、のろのろした動作でベッドを離れ、浴室に行き、シャワーを使った。

†女性器の「構造」

生前の川上宗薫を知る人は現在では少なくなっているが、一見して、女がつぎつぎと寄ってくるタイプではなかったと思う。かなり骨を折っての性体験であったろうと想像されるが、本人がどれほどの性技をほこっていたかはわからない。綿密に書かれた描写からは、女体への執着がうかがわれ、失神する女がいてもおかしくないという印象を受ける。当時としては、格別に淫心をくすぐられる作風だったのである。ちなみに川上は、七〇年代には、女性器を描写するのに「構造」という言葉をよく使うようになり、「**構造派**」とも呼ばれた。

たとえば『官能体験小説　耽ける』（ＫＫワールドフォトプレス）で、都という女が絶頂に達したシーン。

彼女は高空を浮き漂い、更に、高く舞い上がってゆく。
やがて、下降する都の中に、笠原の言葉が入ってきた。その言葉は、都の構造を称讃している。持田がいった「コロッとしたもの」を笠原は「鈴が転がっている」とい

った。笠原は、緊縮力についてもほめている。〔中略〕
「いい構造の女はたいてい体液が少ないようだな」
都にはその言葉の意味がよくわからない。

晩年、川上はリンパ腺ガンにおかされて死ぬ前に『死にたくない！』（サンケイ出版）という凄絶な闘病記を書いている。そこでは、医者にガンといわれるのがいちばんイヤだったが、そのつぎにイヤだったのは、警察に呼び出されて油をしぼられることだったと述懐している。作家や編集者を呼びつけて、発禁をちらつかせながら威嚇するという慣行が、まだ続いていたのである。

4 発禁本のセックスシーン

†富島健夫の「青春ポルノ」

川上宗薫に富島健夫と宇能鴻一郎を加えて「**ポルノ御三家**」と呼んだ時期がある。このほかに川上宗薫、富島健夫、赤松光夫を「ポルノ御三家」と呼んだ媒体もある。いずれにしても一九六〇年代当時のマスコミは、「御三家」というネーミングが大好きで、歌謡界では若手の人気歌手の橋幸夫、舟木一夫、西郷輝彦が御三家といわれていた。

富島健夫は、一九三一年に京城(韓国、現在のソウル)に生まれ、早稲田大学仏文科を卒業している。在学中から同人誌に加わり、一九五三年の「喪家の狗」は芥川賞候補になった。学生作家としてデビューし、卒業後は河出書房に勤務しながら作品を書き続け、五七年から専業作家になっている。『恋と少年』(河出書房新社)などの青春小説、ジュニア小説を書いてきたが、ある時期から、青春の愛と性を描くなかに大胆な官能シーンを書き込むように作風が変わり、官能作家とみなされるようになる。『おさな妻』(集英社)などで**青春ポルノの旗手**といわれた。

とはいえその作品は、現在一般にイメージされる官能小説とは異なり、「濡れ場」が中心を占めていたわけではなく、富島自身にとっては「ポルノ御三家」に加えられるのは不本意だったのかもしれない。

この分野で売れっ子になると、川上宗薫もそうであったように、文学仲間から収入に対する羨望のまじった白い眼でみられるようなところがあった。そのためか、富島も後年の言動には屈折を感じさせるところがあった。中年になっても青年のような感受性を内に秘めながら、半面では、酒に酔ったときなどに骨張った物言いをすることがあった。

もともと学生時代から、無頼な生き方に青春の情熱を傾注しているところがあったようだ。作者自身の体験的な要素が多いとされる後年の「青春の野望」シリーズ(集英社)の『早稲田の阿呆たち』や『学生作家の群』などには若き日の試行錯誤が描かれ、「あとがき」には《ほろ苦き後悔》といった言葉もみられる。

これらの作品にも性描写はみられるが、青春の性のエネルギーを感じさせる程度の、ぐっと抑制のきいたもので、ポルノの売れっ子として筆名がとどろいたのはやや偏った評価といえよう。

†富島の絶頂表現

たとえば『学生作家の群』の絶頂場面は、こんなふうに書かれている。

　女の声はさらに高まり、やがてはっきりと頂上に向かうときの一般的なことばを口走った。つづいて、男のからだの俗称をたてつづけに叫んだ。

直截的な表現はしていない。最近の官能小説で「いく、いくーっ！」といった言葉を読み慣れている読者にしてみれば、ずいぶんおとなしい、遠回しな表現と感じられるだろう。同じ富島作品でも『情欲の門』（桃園文庫）のように、もうすこし具体的な表現をしている作品もある。

「あっ、あっ、効くうっ」

ミユキはだみ声を発してよろこんだ。その入り口にも奥にも同時に強い締めつけが生じて陽根を迎えた。

こうして交歓の運動がはじまり、リズミカルになり、ミユキのあえぎ声は高まり、千吉の呼吸も速まったが、やがてミユキは、

「あたし、いきそ。もういきそ。ね、いっていい?」

と言いはじめた。

このあたりは、いまの官能小説の表現にかなり接近している。そして、この描写につづく絶頂シーンは――。

「ああ、あなた、最高。ああ、どうしましょう? まわるわ、まわるわ」

ミユキのからだは大きくうねり、奥にけいれんが生じたと思った瞬間、亀頭に熱湯が浴びせられ、

「うーん」

ミユキは唸り声をあげて硬直した。

最近の官能小説にもあるような煽情的な感覚の表現になってはいるが、それでも作品を通して読めば、淫心を煽るのが目的といえる展開とは違って、富島健夫ならではの性への感性が色濃くみられる構成と文体に仕上がっているのがわかる。官能作家といわれる半面で、エンターテインメント性を意識しつつも、そこに男女の性愛の機微を掘り下げる文芸的達成を追求した作品がすくなくない。

もしかすると、そんな内面の韜晦《とうかい》が晩年の酒ぐせにあらわれでもしたのだろうか。富島はしばしば、官能小説の新刊を紹介するコラムなどを読んで、「他人のフンドシで相撲をとってるんじゃないか」と、皮肉まじりの本音を口にした。彼がそう言うのは、もうかなり酔っているときだった。

作品紹介や評論といったものは、たしかに、その素材となる作品があってのことで、その上に成り立つものであることは間違いない。そんなことは富島も承知しながら、酔ったいきおいで皮肉を口にせずにいられないあたりは、青春時代の無頼を引きずり、文学への一直線を走りきれなかったという思いが顔を出すからではなかったろうか。やはり異色の

「官能作家」であったことを、いまにして感じさせる。

†最後の摘発

ところで、すこし時代は下るが、性愛小説の最後の摘発とされているのが、一九七七年刊行の富島健夫作品『初夜の海』であったことは「発禁本」の歴史をたどるうえで感慨深いものがある。そのころには、もうすでに露骨な性表現を用いた本はかなり出回っていたのに、ここで富島作品が狙《ねら》われたというのは、売れっ子作家を槍玉《やりだま》にあげることで、摘発のタガはゆるんでいないことを見せようという警察の意図だったのかどうか……。その後、知られるかぎりでは官能小説の摘発は途絶えている。

『初夜の海』（上下巻、スポニチ出版）の冒頭部分にある女性器の描写を参考までに掲出してみよう。

英子の二枚の花びらにはいちじるしい個性がある。普通それはちぢんでまるまっていた。英子がまっすぐに立っているのを正面から見ると、一筋の線の間から、二つが合わさって一つの小さな峰になっていた。

白い両脚をひらいてその秘境をひろげ、その花びらの一つをつまむ。すると黒みが消えて美しいピンク状を呈し、うすく伸びた。もっとも長い部分は六センチほどになり、つまみようによっては三角にも四角にもなり、半透明の感じであった。それを通して電燈のほうを見る。灯が花びらににじんでいた。

くちびるにあてがって吸うと英子はやるせなさそうな声をあげ、からだをそらせる。

摘発の歴史をたどることが本書のテーマではないので、発禁や摘発に拘泥するのはこのあたりで終わりにしたいのだが、その前に、どうしても紹介しておきたい三つの作品がある。いずれも「発禁本」として有名になったもので、現在では容易に入手できる。機会があれば読んでいただきたい。注目されるのは、内容もさることながら、訳者の顔ぶれがすごいということだ。当時の代表的な作家、詩人、評論家などの俊才が、ポルノといわれる作品の翻訳に、発禁に処せられる危険を冒していることを承知のうえで、なぜあえてたずさわったのか。そこにはポルノ、あるいは性表現に対する単純ではない思い入れがあるのが感じられよう。

†『ファニー・ヒル』

発禁がまだめずらしくなかった当時の作品で、現在入手可能な本について、ざっと内容と、訳者の文体のごく一部をあげておこう。まずは『ファニー・ヒル』(ジョン・クレランド著／吉田健一訳、河出文庫。削除修正された部分は復元し、訳文の旧仮名遣いと漢字表記は現在の慣用に改めてある)。

英語の原題に『ある遊女の回想記』(Memoirs of a Woman of Pleasure) とあるように、ファニー・ヒルという娼婦が性の遍歴をつづる構成になっている。リバプール郊外の村で貧しい家庭に生まれたフランセス・ヒルは、可愛らしく、性格のいい娘だったが、金のためにロンドンに連れ出されて、娼家で働かされ、愛人として客に性の奉仕をするようになる。そこで徐々に性感を触発された彼女は、大胆になり、セックスのよろこびを覚えていく。相手は若い美男から好色な中年までさまざまだ。処女のふりをして自分を高く売るための技巧なども描かれ、SMシーンもある。この作品は一八世紀イギリス社会の時代感覚が色濃く描かれており、セックスシーンは多いが、たんに煽情的なものではない。訳文はかなり文学的で、淫猥さを強調するようなものではなく、それでいて臨場感がある。名著といわれる理由でもあるだろう。

身分は高くないが、ファニーが好感をもった美青年とのシーンを覗《のぞ》いてみよう。彼は童貞ながらも陽物はかなり大きく、すでに性経験をつんでいるファニーも挿入前にはちょっと不安にさせられた。

私は腰の下に枕を敷き、その大変な筒を手にとってその心の形をした紅の頭をその的まで持って行き、私は腰を上げ、両足を開けるだけ開いているので的はちょうどいい高さにあって、その熱が青年にそこまで来ていることを知らせ、一突きして快楽に餓えている口が彼を呑みました。彼はそこで僅かばかり手間取りましたが、位置が決まって、彼は道を求めながら進み始め、その困難に私は快楽を覚えるだけで、柔かな皺の一つ一つがそうして伸ばされ、私たちが触れ合っている部分が多くなるに従って私たちの喜びも増し、私は彼を完全に中に入れて彼に満たされ、彼をそのように締め付け、吸い込んでいるのが言葉で言い表わせない快楽を彼にも、私にも味わわせるのでした。

†『O嬢の物語』

さて、つぎもまた恋愛小説の傑作といわれながら、一般にはポルノとしての評判が先行している作品である。『O嬢の物語』(ポーリーヌ・レアージュ著/澁澤龍彥訳、河出文庫)。

この原作は一九五四年にパリの出版社から発刊され、前衛的な文学賞の「ドゥ・マゴ」賞を受賞したが、訳者の解説によると、ポーリーヌ・レアージュという女性名の作家は実在せず、匿名であるらしい。性的表現に期待してこの作品を読むと、期待はずれに終わるのは避けられないのではないか。SM的な要素は濃いが、いまの日本でいうSM小説ともおもむきが異なる。女がすすんで奴隷状態を受け入れ、そこに快感を覚えるようになるという意味ではSMチックだが、この作品ではむしろその精神面の変遷をめぐる描写が重視されている。

Oという頭文字の若い女が、男から男へと譲り渡され、女性器にリングをはめられたり、尻に焼き印を押されたりするのだが、そのシーンをエロチックと感じるよりは、むしろ女の性と精神性を文学的に深めた作品として読むことに感興があるだろう。

アンヌ・マリーは押入れから皮紐を出してきて、Oの腰と臑《ひかがみ》にまわし、腰を円柱に押しつけるようにして、きりきりと彼女を円柱に縛りつけた。手と足も同じく縛られた。恐怖に気を失いそうになりながらも、Oはアンヌ・マリーの手が自分の尻にふれ、焼き鏝を押す場所を指示するのを感じ、水を打ったような静けさのなかで、炎の鳴る音や、窓を閉める音を聞いたと思った。首をめぐらせば見ることもできたろうが、彼女にはとてもその気力はなかった。一瞬、耐えがたい痛みが彼女を刺しつらぬき、彼女は縛められたまま、絶叫してのけぞり、身体を固くこわばらせた。

†『我が秘密の生涯』

これらの作品にくらべると、開高健が奇書として解説を書いているつぎの作品は、ずっとポルノ性があるだろう。訳者の詩人・田村隆一が熱意をもってとりあげた意味もわかる気がする。開高健は《ひたすら率直をめざしてつづられているので、赤裸ぶりにたじろがされはするものの、その迫力は貴重である》と書いている。さらには、《セックスこそ文化の核であり、大英帝国が世界の四分の一を支配していた黄金期のシンボルとも思えてくる》という。その書は『我が秘密の生涯』(作者不詳/田村隆一訳、河出文庫)。

作者は不詳とされているが、一九世紀イギリスの富豪で稀覯《きこう》本や美術品のコレクターでもあったヘンリー・スペンサー・アシュビーという説が有力だという。イギリスの好色な男が、幼児期の性の記憶から、初老にいたるまでの性遍歴をつづっている。相手は娼婦が多く、農家の娘、お手伝いの女ほか、処女漁《あさ》りもするし少女にも手をつける。とにかく全編がセックス漬けといえる回顧譚だ。アムステルダムで地下出版された原本は一一巻四二〇〇ページだったそうだが、その後に出版された、縮小された無削除版が七〇〇ページだったのを、この文庫では約六〇〇ページ近くにまとめてある。

若いお手伝いとのセックスシーンは——。

ソファに落ちこんだ彼女のペティコートをまくりあげると、クリーム色の肌があらわれ大きなまるっこい太腿があらわれ、黒ずんだ茂みにとりかこまれたカントがあらわれ、それらを一瞥して私は、彼女に乗りかかり、入りこみ、巨人の力をもって衝きたてると、すすり泣きがちょっとあって、しっかりと抱き合った二人は、口は口、腹は腹、プリックはカント、尻は尻、一瞬にして一体となり、そのまま九天たかく舞いあがってしまった。

こんな発禁本が好事家のあいだで評判になった。原書で読んだのはごく少数で、一般には削除本ですら読むことのできない時代で、本のタイトルだけが知られ、ポルノ性が強調して語られていたのである。

5　ポルノ六歌仙の時代

†宇能鴻一郎の「告白体」

話を元に戻そう。マスコミが官能作家に「御三家」の冠をかぶせたのは、じつは「ポルノ御三家」が最初ではなかった。それ以前に、先述した北原武夫を筆頭にして、芥川賞作家の近藤啓太郎、ベストセラーの『黒の試走車』（光文社）などで知られる梶山季之《としゆき》を「**エロチック御三家**」と呼んだ雑誌があったのである。たしかに彼らはお色気シーンのある作品も書いて読者の評判になったが、北原武夫のほかは、マスコミが興味本位につけた異称といっていいだろう。

さて、すでに述べたように、ポルノ御三家では、川上宗薫、富島健夫のほかに、宇能鴻《うのこう》一郎《いちろう》を加えるのが一般的だった。

宇能鴻一郎は、一九三四年に北海道で生まれ、東京大学文学部国文科を卒業し、大学院在学中から北杜夫などのいた同人誌で評論や小説を書いていた。一九六二年に芥川賞を受賞した『鯨神』(中公文庫)で学生作家として有名になる。性と死をテーマに風土色、習俗色の濃厚な作品を多数描き、作家としての地歩《ちほ》を固めていく。時代小説や、嵯峨島昭の筆名によるミステリー小説でもファンをつかんでいる多才な作家である。

当時はまだ「ポルノ小説」といわれていた官能作品を量産するようになったのは、一九七〇年代に入ってからのことだ。スポーツ紙などでの連載や単行本でもサラリーマン層を中心に広い階層の読者を獲得して、人気作家の第一線に躍り出ることになる。その印象があまりに強烈であったため、二〇〇〇年代に入っても多方面で活動しているこの作家を、官能小説家の重鎮と思っているファンが、スポーツ紙の愛読者を中心として少なくないようだ。しかし官能小説界ではまったく異色の存在といえるだろう。

女子社員や若妻など、女を主人公とした作品を一人称の文体で書くのが宇能の特徴で、ポルノ御三家のなかでは、川上宗薫の「失神派」という呼称とならべて「**告白体**」と称されることもある。当時は官能小説の分野でもまだ現在ほど多用されることのなかった擬態語・擬声語をうまく駆使して、宇能節とも称すべき独特のコミカルな文体で描く作品は、ほかの作家が真似るのは難しい。読者には読みやすく絶妙の味わいがある。告白調の作品を書く人気作家はほかにもいるが、この軽妙な文体で成功している作品は、現在も類例が見当たらない。間違いなく稀少《きしよう》な作風といえるだろう。

たとえば、「内助の功」(『奏　秘悶の女』徳間文庫所収)のこんなシーンだ。若妻が、花見の帰りに夫が家に連れてきた会社の部下に、夫が酔って寝ているわきで、洗面台にむかわされて、ネグリジェをまくったうしろから攻められる。

その、まわした指で、あたしの、いちばんビンカンな部分を、

コチョ、コチョコチョコチョッ

と……。

「ああ」

と、あたし、息を吐いちゃった。

そうしておいてから、この人、うしろにあてがったものを

グッ

と……。
あっ
深いわ。
あたし、息をつめた。

†赤松光夫の「尼僧もの」

官能小説界の長老として健筆をふるっている赤松光夫を、宇能に代わって「ポルノ御三家」に加えた雑誌を目にしたことがあるが、その作風や活動からいって、独自の存在とみたほうがいいのではないか。川上宗薫と同時代の作家として交友があり、後年は官能小説を世に多く送り出したことから、ファンになじみやすいくくりを与えるため、御三家に加えたのかもしれない。

赤松光夫は一九三一年、徳島県に生まれ、京都大学文学部を卒業して、出版社に入り、女学生雑誌の編集長をしていたという経歴がある。そのかたわら六一年に、推理小説『虹の罠』（徳間文庫）を発表、翌年から専業作家になっていく。青春小説を書くなど活動は多彩だが、官能小説でもミステリー仕立ての作品など幅広い分野のエンターテインメントを手がける。とりわけ尼僧の性の姿態を描いた作品が特徴的で人気が高く、そのせいか、「**尼僧もの**」がお家芸のようにいわれる。しかし、作品全体からみれば、彼の扱う広範なテーマのごく一部にすぎず、尼僧シリーズとして連作したなかの官能サスペンス『尼僧呪いの祭文』(トクマ・ノベルズ)などでも、密教にからむサスペンスを軸に読ませる手法をとっており、官能シーンはあまり書き込んでいない。ほかに、「**未亡人もの**」にもベテランらしい艶色《えんしょく》をただよわせる秀作が多い。年齢からすれば「長老」であっても、意欲的に現代的なテーマも手がけている。

たとえば、『熟女妻』(桃園書房)を見てみよう。「**熟女もの**」は後述するように近年、流行りのテーマである。ここで引いたのは、夫にかまってもらえない敏腕実業家の妻が、馬場のある別荘で夫の秘書と関係をもつ場面だ。

騎乗位で挿入した貴子夫人が、上から菊地を見下ろし、
「きれいな顔してる。わたしの周辺に五色の雲がかかったみたい。ああ、なんて気持ちいいのかしら」(中略)
ゆっくり、ゆっくりとヒップを上下し、左右に円回転をさせる。

かろやかな体は、軽快に動き、はずみをつけて貴子夫人は、乗馬を楽しむように楽しみ始めていた。〔中略〕

下から乳房を揉みながら菊地は、「ハア、ハア」と、リズミカルに息を吐くと、そのリズムに貴子夫人はのって来る。

「いかがしましょうか。このまま一気にフィニッシュにつっ走りましょうか」

「お願い、そうして。それがわたし、一番感じるの」

一瞬、鞭を入れたかのように、貴子夫人の手が菊地の尻を叩いた。

†ポルノ御三家の時代状況

このポルノ御三家の時代、一九六〇年代から七〇年代の初めにかけて、世情は安保闘争・学園紛争などで騒然としていたが、一方で池田内閣の打ち出したバラ色の所得倍増計画が日本全体を浮かれ気分にしていた。六〇年代後半には、「昭和元禄」といわれた風潮がさらに広まり、大量消費型の経済大国へ向けての軌道を順調に走りつづける。そして、その状況下で男たちの精力も煽りたてられていた。

当時は、「週刊誌ブーム」のただ中でもあった。週刊誌ブームは、前に触れた「エロチック御三家」に加えられる梶山季之が、そのころトップ屋とも呼ばれた雑誌の特集記者から小説家へと活躍の場を広げていった時代背景にもなっている。

セックスをめぐる当時の出版界の状況を見ると、一九六〇年に謝国権の『性生活の知恵』（池田書店）が大ヒットした。この本は、セックスの体位のいろいろを、男女をかたどった単純な人形風のイラストによって解説したもので、性の啓蒙《けいもう》書の形式をとってはいるが、当時としてはかなり性的な刺激の強い内容であった。写真であれば、男女が下着をつけていても摘発されかねない内容でありながら、それを木製の人形のようなイラストで巧みにかわしたあたりは、著者と出版者の知恵といっていいだろう。

この年には、先述の澁澤龍彦によるマルキ・ド・サド『悪徳の栄え』の邦訳本が発禁処分を受け、翌六一年には、会員の性体験を発表する性研究の会員誌『生心レポート』（主宰・高橋鐵）が摘発されている。こうした状況が、ここまでに紹介してきた官能小説と性表現の変遷にも影響を与えていた。

†泉大八の「痴漢派」

さて、話は戻って「ポルノ御三家」である。川上宗薫と宇能鴻一郎に、痴漢小説の名手として知られる泉大八を加えて御三家とするという、さらなる異説が、このころ喧伝《けんでん》されるようになった。この三人に富島健夫、オフィスラブの草分けといわれる直木賞作家の阿部牧郎《まきお》、同じく（ポルノ以外の）文学系の出身でバイオレンス小説から官能を広く手がけるようになった名手の勝目梓《かつめあずさ》を加えて、**「ポルノ六歌仙」**とする雑誌などもあった。ただ、じつのところ、このあたりは定説がない。新聞や雑誌に残された記事と当時を知る人の個人的な記憶からたどった状況にすぎず、これが定説といえるほどの、まとまった研究書は見当たらない。

泉大八は一九二八年生まれでいまも健在の作家である。鹿児島県の出身。陸軍幼年学校在学中に終戦、旧制七高を中退している。労働運動にたずさわりながら、社会批評を執筆し、徐々に創作に活動範囲の主軸を移行していった。

電電公社に勤務していた五九年に「アカハタ」短編小説賞を受賞し、『新日本文学』に「ブレーメン分会」を発表し芥川賞候補になるなど、労働者文学に新風を吹き込んだが、その後、大衆小説で流行作家になった。官能作品では痴漢シーンを書き込むことで、新しい分野の先駆者となる。川上宗薫の「失神派」に対し、**「痴漢派」**として人気になった。人妻の性を描いても特異な魅力を発揮する存在として人気を高めてきた。

ここでは『欲望のラッシュ』(講談社ロマン・ブックス)を参照しよう。中年の男が、混雑した通勤電車内で、彼の背中に密着してきた若い女に理性を失う場面。

彼女の呼吸も鼓動も熱っぽく伝わってきて、彼もたまらなくなってしまったのだった。〔中略〕

我慢できなくなり、そのまま少し体をずらしてスカートの上から彼女の局部を愛撫し、ついで片手でスカートをまくりあげ、ヘヴィ・ペッティングに入ろうとしたのだが、このとき「ヤメテ、ヤメテ」と彼女が熱に浮かされたような低い声をあげたのだ。その声の哀願するような調子に打たれて彼は注視したが、しばらくたつとまた、「ヤメテ」と叫びながらもいっそうしびれたように動けない彼女の中心部にふれたくなって指を進めていったのだった。

†「オフィスラブ」の名手、阿部牧郎

阿部牧郎は一九三三年、京都府の生まれで、現在も「時代もの」の官能小説を含めた多様な分野の作品をものし、読者をつかんでいる。京都大学文学部仏文科を卒業後、会社勤めをしながら同人誌に小説を書いていたが、作中に描いた性的情景が注目され、会社内に展開される男女の性愛関係を中心とした作品で人気になった。官能小説において「**オフィスラブ**」という分野を切り拓いた作家でもある。官能作家としての活動が先行したために、もう直木賞は受賞できないのではないかと、本人は不安になっていたようだが、一九八八年に『それぞれの終楽章』(講談社)で受賞を果たした。その後も直木賞作家にして官能作家という特異のスタンスで創作をつづけている。

阿部の作品で「オフィスラブ」が描かれるのは、官能を煽るための単なるシチュエーション設定としてではない。企業の社内事情や人間関係を巧緻《こうち》に描きながら、官能シーンで昂まりを導く手法は、男性に限らず、OL、若妻など女性読者にとっても官能小説にすんなりと入り込みやすい要素になっている。

サスペンス仕立ての『出口なき欲望』(講談社文庫)から一場面を掲出しよう。大阪近郊のOA機器メーカーに転属になった結婚十年の営業部課長が、大卒三年目になる部下の女子社員と食事のあと、彼女をマンションまで送っていき――。

やわらかな肉を指でひらいた。由紀の秘密があらわになった。清潔で、可憐《かれん》で、複雑な花がそっとひらいた。あこがれていたものへやっと手をふれた安堵《あんど》を麻生はおぼえる。しばらく見入った。花の表面はうるおっていて、かすかに光っている。

麻生はそこへくちづけした。〔中略〕

上になってくれ。麻生は注文した。反対側を向くようにつけ加える。

うしろ向きに由紀は馬乗りになった。体を倒してくる。麻生の男性が、由紀の口腔《こうくう》に包みこまれる感覚があった。由紀の秘密の花が、麻生の顔のすぐ上に咲いている。

両手で麻生は由紀の尻を抱き寄せた。花へ口づけにゆく。〔中略〕

愛撫の競争になった。あわただしく二人は快楽を相手に送りこんだ。ときおり由紀は苦しげな声をもらした。懸命に耐えている。だが、競争では麻生の経験がものをいった。〔中略〕

「もうだめ。私、死んでしまう」

†勝目梓の官能バイオレンス

勝目梓は、官能と暴力、復讐の世界を描く作家で、官能を煽ることそのものを売りとした官能小説とは立場を同じくしてはいない。だが、そのなかに描かれる官能シーンにおいても抜群の名手であることをうかがわせる。

一九三二年生まれの老練の作家ながら、つねに新しい感覚の作品を発表して第一線の座を確保している。『文芸首都』で作家活動を展開し、一九六七年に芥川賞候補となる作品を発表するほか、七四年の『寝台の方舟』（講談社）で小説現代新人賞を受賞するなど文芸路線で活躍しながら、バイオレンス小説へと作風を広げてきた。そうした経歴を反映した筆力による作品はいずれも読み応えがあり、定評を得ている。その作風を崇敬する若手作家も少なくない。

『好色な狩人』（廣済堂ブルーブックス）の一場面を引いておこう。独身で二十九歳の私立探偵が、事件の起きた家の若いハウスメイドと、渋谷・円山町のラブホテルに入る。

「あたし、上になっていい?」
反対する理由が、なにかあっただろうか?〔中略〕
彼の顔の上には、薄くて丈の長いひとつまみほどのヘアをいただいた、千秋を女たらしめているところのものが迫っていた。
クレバスは長大であった。しかしそれは無口な人の口のようにぴったりと合わさっているために、爛熟《らんじゅく》や怪異の印象をまぬがれていた。色の薄いヘアははるかな部分にまで細い列をなし、やがて無色に近いうぶ毛に変わっている。

卓也は無口な人に口を開いてもらった。そこは透明な温かいものでうるんでいた。うるみにくるまれた米粒ほどのマドモアゼルが姿を現わした。卓也はマドモアゼルに親愛の情をもってキスを送った。

一九七〇年は、激化した安保闘争、大阪万博の開幕、三島由紀夫の割腹自殺などが記憶によみがえる年だ。戦前戦中生まれの世代と戦後生まれの世代との思考や感覚のへだたりから、断絶の時代と呼ばれるような風潮が濃くなる。七二年には連合赤軍が軽井沢の保養所に管理人の妻を人質にして立て籠《こ》もった「あさま山荘事件」が起きる。同じ頃、日活ロマンポルノが人気になって、女体の淫らな姿が男たちを魅了していた。

官能小説の分野では、この時期に全体的な読者層の拡大とともに新人が台頭して、売れっ子がそれぞれの作風を競い合う時代に入っていく。活字による性表現については、かなり規制が緩和される方向へと傾いていた。

6　官能小説の隆盛——大衆化の時代

†豊田行二の登場

一九七〇年代に入って、官能小説はもう一つの大きなピークをむかえる。川上宗薫が先頭に立って開拓した一般の（マニア層とは異なる）読者層の裾野《すその》が、いくつかの作品群によってさらに拡大した。サラリーマンが日常のエンターテインメントとして官能小説を楽しむというようなレベルにまで浸透させたのだ。

その中でも特に大きな牽引力となって活躍したのが**豊田行二**である。当時彼の人気作家としての名声は、とくに官能小説の読者でない人々にまでも耳に届くほどで、とにかく話の種としてでも読んでみようという男性読者も増え続けていた。官能小説界ではもちろんトップ、作家全体の所得番付でも上位にランクされる売れっ子へとのぼりつめたのである。

豊田行二は、一九三六年、山口県に生まれた。早稲田大学大学院を修了後、新聞記者、代議士秘書などを経験し、そのかたわら小説を書いたりゴーストライターをしたりもしていた。推理小説や企業小説といったジャンルの作品を発表し、一九六八年に「示談書」でオール讀物新人賞を受賞して注目される。官能小説を書き始めたのはそれから二年後だった。人気が急上昇するとともに、それに応えて作品の圧倒的な量産態勢に入っていったのが七〇年代である。

豊田の作品には、それまでの経歴を生かして政界の内幕や企業の裏事情を描きながら、そこに性愛をからませるものが目立った。といっても、決して「お堅い」話ではない。読み物としての官能小説の軸を外すことはなく、ユーモアのある作風が中心である。

なかでも典型的な設定として、精力旺盛《おうせい》な男が、**パワフルなペニスと性技を駆使して女を陥落**させ、その関係で得た情報を手掛かりに企業の裏側を暴きだし、出世をしていくという作風がみられる。『野望課長』(光文社文庫)などに代表される「**野望シリーズ**」がその特徴を色濃く出している。いわゆるサラリーマン向け官能小説によくみられる構成で、ストレスがたまりがちな会社人間に独特のカタルシスを与える効用があった。

生前の豊田行二が、仕事に疲れたサラリーマンが読んで元気づけられる作品であればいい、と語っていたのを聞いたことがある。当時としてはかなり煽情的に「官能シーン」を書き込んでいた。あけすけで念入りな描写である。だが、淫猥《いんわい》というよりはユーモラスな雰囲気が濃い。そうした姿勢も彼一流のサービス精神によるものといえよう。

†「欲棒」という武器

七〇年代のなかばまで豊田はペニスを表現するのに「ジュニア」という言葉を多用したが、当時はほかの作家たちもこの言葉を使っていたため、「欲棒」と言い換えるようになった。主人公がおのれの男性器を出世実現の「武器」にするという意味でも、また、それこそが男をつき動かす欲情のシンボルであるという意味でも、実感と迫力のこもった秀逸な表現だったといえよう。

そうした発想の背景を知らない新人作家が、同じようにペニスの官能表現として「欲棒」と書いているのが目についたのか、晩年の豊田行二が、新人なら自分らしい表現を考えればいいのに、と語っているのを聞いたことがある。そんな彼の口調からは、この「表現」にこめた彼の思い入れが伝わってきた。むろん、「欲棒」という用語に独占権があるわけではないが、他方で「肉棒」という表現が官能小説では一般名詞化しているのに対して、「欲棒」はやはり豊田用語といったおもむきがある。それを知る官能作家は、いまでも「欲棒」という表現は敬遠しているようだ。

岡田はヒップを引き寄せて腰を進めた。

ズブリ、という感じで、欲棒は通路に入り込んだ。内側は蜜液でなめらかになっている。

欲棒が根元まで入るのを待って、通路は強く締めつけてきた。

その締めつける力に逆らって欲棒は滑らかな通路を出入りする。

「ああっ、感じるぅ……」

幾代は背中をそらして、ヒップを岡田に押しつけてきた。

（豊田行二『課長の㊙趣味』双葉文庫）

晩年の豊田行二は、糖尿病の持病があって、酒もあまり飲まなくなっていた。毎朝、六時ごろ蒲団の中で目覚めると、その日に書く内容を考え、構想がまとまると起き上がって机に向かう。午前中にはほとんど仕事を終え、食事のあと取材や雑用をこなして、夕方からは自宅にほど近い立川市街の飲食店へ出かけていく。そんな生活をしていると語っていた。酒はほとんど飲めなくても、酒場の雰囲気を楽しむことが、仕事の活力となっていたようだ。丸顔で笑顔を絶やさない、人当たりのいい売れっ子作家だった。

†エロスの仕掛人・松本孝

一九七〇年前後は、すんなりと安保闘争に加わっていくこともできずに青春を彷徨《ほうこう》するかのような若者たちが、新宿などの盛り場に集まっていた。社会の現状や既成のモラルに反発しながらも、その熱情を過激な行動にあらわすことで発散するのでもなく、屈折した心情を盛り場の空気に溶かし流そうとするかのように、街を歩いたり、喫茶店にたむろしたりするなどしていた。フーテン族と呼ばれていた若者たちである。

そうした若者たちの風俗を描いた『新宿ふうてんブルース』(三一書房)などの作品で注目された**松本孝**は、直木賞候補にもなった「夜の顔ぶれ」を発表すると同時に、官能小説の分野でも活躍し「**エロスの仕掛人**」の異名をとるようになる。若者たちの仲間内にみずからも身をおいて、夜明けまで街をさまよい歩き、そこで体感した性の匂《にお》いを作品にした。

一九三二年の東京生まれで、早大仏文科を卒業後、ルポライターから作家活動に入った。『週刊新潮』の連載で評判になった「黒い報告書」を執筆したひとりで、犯罪小説を書いていたこともあって、官能小説でも、とりわけハードボイルド・タッチで描いた濡れ場が大胆で刺激的だった。まだ官能表現が完全に自由ではなかった時代に、先駆的に果たした役割は大きい。現在も若き日の気風を失わず、健在ぶりを示している。

松本が七〇年代の終わりに書いた『モデルの寝室』（青樹社ビッグブックス）を引いておこう。二十七歳の石油会社社員が、渋谷の公園通りでナンパした若い女をものにするシーン。

左右対称のピンクに色づく谷合いの美観を、榊原は確かめていた。愛らしく呼吸するかのようだ。しかも、白露に似たきらめきを、浮かべている。

彼は口を捧げ、ついでにその奉仕に舌を参加させた。美露は、のけぞっていた。すすりあげるような荒い呼吸で、喘いでいた。「あん」とか、「そう、そのへん」とかいうきわめて短い言葉を、彼女は間欠的に発した。〔中略〕

榊原は、本格的な姿勢をとった。

ポジションを、決めた。そして、押し当て、彼は進行していった。

かなりのせまさを、榊原は感覚していた。

†過激表現と婉曲表現の混交——一九七〇年代の性表現の動向

先にも触れたように、一九七〇年代の初めは、ポルノ映画が話題になった時期でもあった。赤字の増大で経営難に陥った映画会社の日活が、淫らなセックスシーンをかなり奔放に取り入れて売り物にした「日活ロマンポルノ」を製作し、これがヒットしたことで新機軸となったのである。七一年の『団地妻・昼下りの情事』では主演の白川和子がその艶姿《あですがた》で男たちの欲情を激しく刺激した。

ところが、その翌年の七二年には『恋の狩人 ラブ・ハンター』などが摘発を受け、日活と映倫に捜査が入り「日活ロマンポルノ事件」として注目された。前述した「四畳半襖の下張」を掲載した件で雑誌『面白半分』七月号が摘発されたのもこの年である。写真ではまだヘアが解禁されず、映画では大島渚監督の『愛のコリーダ』が摘発されたり、雑誌では不良図書指定などの問題があったりした。

官能小説（当時もまだ「ポルノ小説」と呼ばれていた）では性表現の規制がゆるやかになってきてはいたものの、ことあるごとにこうした摘発事件が話題になり、実のところ、それがかえって庶民の好奇心をポルノ全般に引きつける結果につながっていたのである。

小説での性表現についてはぐっと規制が緩和されたといったが、具体的にはどういうことか。たとえば、女性器の呼称にしても、医学書では医学用語として公刊されていて問題ないのだから、なぜ同じ言葉がそれ以外では規制されるのか、などといった問答があったりして、そのうち官能小説のベッドシーンに四文字言葉なども出てくるようになったのである。

とはいえ、一方で官能作家たちは、規制のより厳しかった時代に想到した婉曲《えんきょく》な表現が読者の淫心をかきたてることを体得していたので、ここにきて過激と婉曲が混交した、いっそう淫靡な作品を生み出すようになっていった。

†館淳一の登場

館淳一《たてじゅんいち》が『別冊SMファン』に発表したハードバイオレンス「凶獣は闇を撃つ」で鮮烈に作家デビューしたのは一九七五年のことである。この作品は連合赤軍が一九七二年に起こした「あさま山荘事件」を契機にして書かれたと彼は語っている。事件の発生当時、館は当面の働き口として同じ別荘地の山荘管理人のような仕事をしていた。この事件に遭遇し、その顚末《てんまつ》を外側からの傍観者としてではなく、いわば内側から身近に体験したことが、デビュー作を書くきっかけになったのだという。

といっても、この作品はハードなタッチで書かれてはいるが、武力闘争の銃撃戦を描いたものではない。不倫関係にある男女の葛藤《かっとう》にみちた性愛、そして生死を賭けたかれらの逃避行が、山荘を舞台として描かれている。この作品は、官能を著しく刺激すると同時に、きわめてスリリングな展開が読者を引き込んでいく内容である。関心のある方には作品を通してお読みになることをすすめたい。現在、官能小説の巨匠といわれる作者の資質の原点を見出すことができる。

この作品は、山荘の管理人のほかにも各種の職業を転々としてきた館が、その後、雑誌記者を務めていた時代に、発表するあてもないまま、自分を癒すように書いた短編という。そのころ凌辱系の作家として活躍していた「SM御三家」の一人で雑誌関係の先輩でもあった蘭光生に読んでもらったところ認められて、作家デビューにつながったのだった。

館淳一は、一九四三年、北海道・稚内で三人兄弟の末弟として生まれた。生家はニシン漁を中心とする漁業会社で、宿舎には「ヤン衆」とよばれる若い従業員たちが寝泊りし、そこは館少年の遊び場でもあった。性のエネルギーをもてあますヤン衆が読むのは、エロ雑誌が中心だった。当時は便所の落とし紙に雑誌を破いて使うことが普通で、そうした環境ゆえ、それが館少年の目に触れる機会も多かったようだ。

SM系の記事もよく目についたという。館少年は、それを熟読したというよりは、その雰囲気と挿絵などによって強く性的に印象づけられたようで、興味深いことに、女の裸を描いた絵にはそれほど反応しなかったそうだが、縛られて悶えている女の姿態を見ると、胸が熱くなるほど興奮したという。SM作家の資性を涵養《かんよう》した原体験がここに見られる。

†変態百貨店

館は「**変態百貨店**」と異名をとるほど多彩なフェチを描き、名手としてすでに百五十冊あまりの長編を書いているが、基調になるのはSMである。作品を量産することが習慣化している官能作家のなかにあっては、これでも経歴のわりに発表点数が多いとはいえない。そのぶん一作一作は非常に読み応えのある内容で、読者には女性ファンも多い。

SM系の官能小説にもタイプがあるが、館の作風はひたすら加虐を志向するものとは違う。SMの秘密クラブなどを描き、特異な性のいとなみを読者に覗き見させるようなストーリーが巧みに展開され、そこでは女体の淫美が色濃く醸し出される。

館作品の特性をもうひとつだけあげれば、視覚的あるいは映像的な場面描写が多いことだが、それはこの作家が日本大学芸術学部でシナリオを書く修練をしたことに由来しているとみられる。言うまでもないが、映像作品のシナリオでは情景を目に見えるよう表現する文章が必要になる。少年時代に手にしたエロ雑誌も、読むよりはそこに描かれた女体の縛り絵が脳裡《のうり》に焼きついたという回想からも推察できる。館ワールドの魅力の一端はそこにあるようだ。

『目かくしがほどかれる夜』(幻冬舎アウトロー文庫)から、冒頭に近いシーンを掲げよう。ワイン蔵だった秘密クラブの一室で、コードネームで「パール」と呼ばれる若い女を、「マイケル」という中年男の客が、格闘プレイのあげく、後ろ手錠のまま裸身にして凌辱する——。

「それでは、お仕置きのとどめだ!」

股間に這わせていた女体をほうりあげるようにして、自分に尻を向ける体勢でうつ伏せにさせると、背後から片膝立ちで細腰をぐいと摑み、さんざん打ち叩かれて無残な具合に変色したまるい二つの尻を抱えあげた。〔中略〕

「くらえ」

ずぶ。

先端をテラテラ濡れ光らせた肉槍の器官をあてがい、腰をぐいと進める。

串刺しにされてパールが喉を反りかえらせて声をあげた。〔中略〕

「あー、あうッ、うう、ひ、ひいい！」

苦痛なのか快楽なのか、判じがたい悲鳴と泣き声をあげながら後ろ手錠の全裸娘は激しく悶え、頭を左右に振り、黒髪が鏡獅子を舞う役者のように宙を舞った。

「おお、最高だ……、ああ」

7　女流ポルノ登場！

†「子宮にずんずんくる」──丸茂ジュンのデビュー

田中角栄元首相が逮捕されるきっかけとなった「ロッキード事件」が発覚した一九七六年。お色気を振りまくような振り付けでピンク・レディーがデビューし、街ではノーパン喫茶が話題になっていた。

七〇年代中頃の日本社会は、第一次石油ショックによるスタグフレーション（不況とインフレの同時進行）から完全には抜け出せず、トンネル不況の時代といわれたが、かすかに景気回復の出口の見える気配もあった。前にも述べたが、不況の時代にはポルノが売れる、という説があって、たしかにこの時期に、官能小説はまたも世間に大きなインパクトを与える、次の舞台の幕を開けようとしていた。

一九七八年、現在に連なる女流官能作家の隆盛の先駆けといっていい丸茂《まるも》ジュンが、「痴女伝説」で華々しくデビューした。それまでにも官能小説界に女流作家がいなかったわけではないが、じつは女性名義の作品の多くが男性作家の変名によるものであり、また、女流とはいっても、作家自身の実像が広くマスコミに露出することは、ほとんどなかった。だが、丸茂ジュンはそれまでと違う閃光《せんこう》を放っていた。当時の作家としては若い二十五歳、未婚である。しかも美人の評判が高い。その作品は、男性作家には体感することのできない、女体の秘密を描き出しているということで、いやおうなく男性読者の淫らな好奇心を刺激した。

折からスポーツ紙や夕刊紙によって、官能小説の読者層がさらなる広がりをみせていた時期である。新聞の連載小説「今夜のルージュはどんな味」をはじめ、男性読者が胸おどらせる作風で、丸茂はたちまちマスコミの格好のネタとなった。彼女の人気を煽りたてる記事が雑誌にも頻繁に見られるようになり、その評判は小説界を越えて世を沸かせた。

「子宮にずんずんくる」といった女性ならではの実感のこもった表現が、探り当てた未知の鉱脈のように誌面に紹介された。

静岡県生まれの丸茂ジュンは、玉川大学英文学科を卒業後、建設会社の海外課に勤務してから、出版社の編集部に転身した。そのころ作家の中田耕治に勧められ、習作をものし、見てもらうようになる。そうした時期を過ぎて、一気に作家デビューへと飛躍した。父親が文学の研究者で、書物だらけの家庭で育ったという。堅苦しい家庭環境への反発もあってか、高校時代から書いていた小説はしだいに軟派系に傾いていった、と語っている。雑誌などにも告白しているように、十九歳からの自身の性体験を官能小説へと膨らませながら、女性の感覚としてリアリティのある性愛を描こうとしたことが、新しい読者の獲得につながった。「小説を書いているときには欲情する余裕はなくても、書き終えて読み返すときは興奮して男を求めたくなる」といった女流官能作家ならではの生々しい心理を打ち明けた発言なども男性読者にとっては強い好奇の対象となった。

ここで丸茂の官能描写を引いておこう。『メス猫の葬列』(群雄社シガレット・ロマンス)からの一節――東北から上京し、OLからホステスになった二十五歳の女の部屋で、四年前から同棲している不安定な映画関係の職に就く男と情交するシーンである。

「おまえは、オレなしじゃ、ダメなんだ。ほら、こんなに欲しがってるくせに、オレに突かれなきゃ感じない……」

暗示をかけるような涼の呟きと同時に、亜紀子は、大きくのけぞった。涼の肉棒が、亜紀子の子宮を、ズンと勢いよく突いたのである。〔中略〕犯されている、という感覚が、亜紀子の性感をよけいに刺激する。もしかすると、多少マゾの気があるのかもしれない。

激しく腰をグラインドさせる涼の下で、亜紀子は、何度も何度も、切ない喘ぎを漏らした。

オルガスムスは、続けさまに亜紀子を襲い、体は火のように熱い。

「ううっ……涼……ダメ……もう……もうあたし……」

†美人ポルノ作家御三家――子宮感覚派の登場

丸茂はたちまち売れっ子になり、当時としては量産の限度ともみられた月産三百五十枚ペースに突入していく。さらにその話題性を後押しするかたちになったのが、彼女と同世代の若い女性作家たちの登場だった。マスコミはすかさず「**美人ポルノ作家御三家**」と銘打って喧伝した。

御三家のメンバーは、丸茂ジュンについで中村嘉子と岡江多紀。ほぼ同年齢とされていたが、正確には中村嘉子が一歳だけ年下である。むろん「妙齢の女性が官能小説を書く」というセンセーションに変わりはない。マスコミ風の見方では三人そろって美人であり、グラビアや対談の写真などでもその美人ぶりが紹介された。すくなくとも作品とともに、彼女たちの容姿も男たちの好奇心をそそる条件を十分に備えていたことは間違いない。トリオでのインタビューや座談会に引っ張り出されることで、相乗的に多くの注目を集めることになる。

中村嘉子、岡江多紀の二人はもともと、とりわけ煽情的な作品を書いていたわけではなかった。だが官能小説を書き始めた彼女たちは、女性ならではの性感を書き込むことができた。川上宗薫をかつて「失神派」と呼んだのにならい、彼女たち「女流御三家」は、「子宮感覚派」といわれた。この呼び名は、かつて瀬戸内晴美（寂聴）が「子宮感覚」と評されたのにもちなんでいる（女流ならではの性感表現については、後掲の「藍川京」の項などで詳述する）。

このころ、駅売りのスポーツ紙の小説はすごいよ、と「美人ポルノ作家御三家」の連載作品がサラリーマンのあいだで大きな評判になっていく。家庭に持ち帰るのをはばかって、もっぱら通勤の車内で読む読者が多かったという。

†岡江多紀のていねいな官能描写

岡江多紀は神奈川県生まれで早稲田大学文学部卒。学生時代からアングラ映画の製作にかかわっていたが、出版社に就職したのを機に小説を書きはじめた。「夜更けにスローダンス」で小説現代新人賞を受賞。その経歴からもポルノ作家というレッテルを貼《は》られることには抵抗があったようだが、ミステリーと官能とを書き分けるうちに官能作品の注文が急増していったようだ。

ちなみに官能小説を新聞連載する場合には、読者の興味を失わせないためにも、セックスシーンを毎回のように配分して描くモザイク式をとる必要がある。だが岡江は、スポーツ紙よりはむしろ月刊誌(小説誌)で発表する機会が多かった。そのため、彼女は、恋愛感情の昂まりが性愛へとつながる過程をじっくりと描き込むことができた。そうしたプロセスをへたからこそ噴出する官能をていねいに表現することが、彼女の作品の核に据えられていたのである。

そこにはまた、女流に共通の本音が基調としてあった。たとえば、いきなりレイプされた若い女がすぐに快感に悶えるといった、いかにも男性読者が歓びそうな展開はどうも書きにくいと雑誌のインタビューでも語っている。ＳＭや変態系も、読むのはいいが書けないというのは、やはり淫戯そのものの快感よりは性愛感情をもとに昂まるリアルな女体感覚を描く作風だからといえる。

たとえば岡江は女体感覚を次のように表現する。『真昼の秘めごと』（光文社ＣＲ文庫）からの引用で、二十三歳のＯＬが、忘年会の二次会で一緒に飲んだ、好意を寄せている二十九歳の妻子ある男性社員の性戯によって導かれる場面だ。


「可愛いよ、節ちゃん」

今まで一度も口にしたことのないそんな呼び方をして、渡辺は体を繫《つな》げてきた。

一瞬節子の体がピクッと後ずさったほど、いきなり深く、大きかった。それからゆっくり動きはじめた。

いつもせっかちに動くだけの若いボーイフレンドに比べて、既婚者の彼の動きには余裕があった。

「君の体、凄くいいよ」

まるで節子の内部の構造を探るみたいな動き方。

「ああ、シンさん」

その執拗な動きは、節子に、今まで覚えたことのない複雑な感覚をもたらした。

自分の指をくわえた。それでも熱い喘ぎが洩れた。ヒック、ヒックという、しゃっくりみたいな喘ぎだった。

†中村嘉子の「疼き」

中村嘉子は東京都の生まれで、日本大学の芸術学部映画学科を卒業後、シナリオライターから小説家に転身して、官能作家としてデビューすることになる。当初から「美人ポルノ御三家」と喧伝されることには抵抗があったらしい。雑誌のインタビューなどでそう語っている。
むろんそれは、丸茂ジュン、岡江多紀と一緒にくくられるのがイヤなのではなくて、人気歌手でもないのに、たまたま同年代の女流ポルノ作家が登場したことを、ことさらにめずらしがって御三家と騒ぐ風潮に狼狽《ろうばい》気味だったのではないか。そんな戸惑いをよそに御三家人気は高まるばかりで、彼女も注文に追われて作品を発表しつづけた。

中村も女性ならではの性感を描いて「子宮感覚派」の本領を発揮しているかにみえたが、彼女としては読者へのサービス精神というか、エンターテインメント性を意識して装った性表現が多分にあったらしい。そのあともさまざまな経験をしたことで、御三家を抜け出したい気持ちをいっそう強めたという事情もあると聞く。丸茂ジュン、岡江多紀は現在も健筆をふるっているが、年少だった中村嘉子だけが、二〇〇四年の春に世を去っている。

さて、「美人ポルノ作家御三家」の掉尾《ちょうび》として、中村嘉子『やわらかい疼き』（光風社出版）から、先輩OLの性体験を聞かされて欲情した新人女子社員がトイレで手淫をするシーンを引用しよう。


右手をスカートの中に入れ、いちばんいじりたい部分に指を触れた。〔中略〕

秘口よりも先にクリトリスが反応した。

キュル……キュルキュル……キュルルルッと、内部の奥の昂りを急激にエスカレートさせて、クリトリスが充血《た》ってきた。

「やだァ……だめェ……こんなァ……」

あまりにも急激なクリトリスの充血を持て余し、なにかせずにはいられなくなって、加江子は、秘口に押しつけていた指を、膣内《なか》にグッと押し込んだ。

中指を……〔中略〕

……オトコ、欲しいけどォ……でも、いなくたって、いいもん……

†女流ポルノの定着

一九八〇年には歌手の松田聖子が「裸足の季節」でデビューし、この曲のあと二枚目のシングル「青い珊瑚礁」のヒットでアイドルとしての人気を確実なものにしていった。中森明菜や小泉今日子など、多くのアイドル歌手が八〇年代初めには活躍した。社会も好景気に突入し、世情は華やいだムードに乗っていく。

ちなみに当時はスポーツ界でもゴルフの岡本綾子やマラソンの増田明美などが注目され、また、八〇年代半ばには男女雇用機会均等法の施行や土井たか子が社会党委員長に就任するなど女性の進出が目立った時勢である。女流ポルノ御三家の活躍はこうした女性の社会進出への関心の高まりとも連動していた。これ以後も、女流ポルノ作品の人気は起伏をともないながらつづいていくが、女性がポルノを書くこと自体に好奇に満ちた見方をする傾向はそれほど顕著ではなくなっていく。

一九八一年に刊行された斎藤綾子の『愛より速く』（現在、新潮文庫）は、官能小説としては書かれていないが、ペニスが大好きな女子大生の不倫、SM、乱交など奔放な性の遍歴を描いて大きな話題になった。また、田中雅美は七九年に小説新潮新人賞を獲得しているが、彼女が官能小説を多く書くようになったのは後年のことである。

†一条きららと小川美那子

一九八六年に『不倫ばやり』（光文社CR文庫）で作家デビューした**一条きらら**は、埼玉県生まれで、文京女子短期大学を卒業後、OL生活をしていた。結婚と離婚を体験したという。

彼女の作品の基調としては、恋人として、または愛人としても男女の情愛関係に性は欠かせないという視点がある。大胆な性描写はあるが、男にありがちな、肉欲を満たすための快楽追求とはちがって、女の肉体と生理から求められる、情愛のプロセスとしてのセックスを描く。登場する男が**巨根であったり絶倫であったりする必要はない**。女の奔放な性を描いても、愛とセックスは別、というドライな関係にはならない。肉欲を満たすためだけに会う関係はむなしい。火遊びのつもりでも本気になっていく、そういう女の生理がどうしても作品に出てしまう、と語っている。

短編集『溺れる女』（桃園文庫）から「不倫愛の迷い」の一節を引用しよう。結婚して六年の人妻が、婚前に勤めていたデザイン会社の後輩、五歳年下の三十歳になる男と喫茶店で出会い、食事のあと、思いがけないなりゆきでラブホテルに入ってしまった場面だ。

「んんッ」

と甘く呻き、麻衣子は彼のペニスの先端部を、口に含んだまま舌をねっとり回すようにからみつかせた。

（ああ、感じてきちゃう……）

中年の夫にフェラチオする時は、硬く漲《みなぎ》らせるのが目的だった。その時と違って今は、魅惑的な昂まりのペニスを口で愛撫しながら、秘部の花芯の襞がひくつくほど性感がこみあげるのを麻衣子は感じた。

「もう、入れたい……！」

と、起き上った矢崎が欲望を抑えきれないように身体の位置を戻し、麻衣子の秘部に腰を近づけた。

その素晴らしい感触のペニスが、秘部の花芯に触れただけで、麻衣子はふるえ出しそうな歓喜に包まれた。

矢崎が挿入を果たし、快感に呻く。

「ああ、弘人さん……」

上体を重ねた彼の背中に、麻衣子は両手を回して熱く喘ぎ始めた。


また、一条きららと同時期に女流官能作家の戦列に加わったのが小川美那子だ。小川はポルノ女優からの転進ということもあって、すごい実体験が題材になっているのではないかという男たちの妄想を促し、映像で見た艶姿とともに彼らの欲望を刺激した。が、女流作家たちの対談や体験記を読んでみると、当然のことながら、実生活と作品が直接的に結びついているということはない。官能小説は、やはりイマジネーションの世界に根をはるからこそ、読者の淫心を揺さぶる。

もちろん、それは男性作家にも共通のことで、描かれるフェチが鋭く鮮烈だからといって、彼らの日常生活の前面にそれが見られることはほとんどない。官能作家が作品と向き合う姿勢はさまざまだ。性への自分のこだわりを読者に共感させたくて書く作家もいる。

フェチが夢想をかきたてて書かずにいられないという作家もいる。あるいは生活を維持するため、収入を得るための生業《なりわい》として書く人もいる。いずれにしても、**作品と実生活は複雑に絡み合ってはいるが、短絡的に結びつけることはできない。**

8　大革命の時代――文庫シリーズ誕生！

†官能の大家・南里征典

一九八〇年代からの性愛小説界を牽引した南里《なんり》征典《せいてん》が、「官能小説山脈」の巨大なピークであることは間違いないが、官能小説家としての南里の出発点をどこに見出すべきか、判定するのはむずかしい。彼が官能サスペンスなど「官能系」にジャンル分けされる作品を多く発表したのは八〇年代の半ばである。それらは「企業サスペンス」、つまり「企業の内幕暴露もの」といった性格の作品中に組み込まれていたので、どちらのジャンルのエンターテインメントとしても楽しむことができた。そのうち性愛表現の大家としての名声が定着し、官能小説家としての実績が評価されるようになる。

南里は一九三九年に福岡県に生まれ、県立香椎高校に進学したが中退している。在学中は新聞部や社研で活動し、同人誌にも参加していたというから、すでに当時から原稿を書いたり自分の考えを発表したりすることに意欲的な若者だったといえよう。

その後、上京して探偵作家として知られた大下宇陀児《うだる》に師事し、小説の修業を本格化させた。そのことからみても、南里征典の目指した作品の源流はサスペンスにあったといえそうだ。彼の作品は**「社会派バイオレンス」**としても注目されていたが、そこに織り込まれた官能シーンはなんとも煽情的であった。婉曲的な表現ばかりでなく、**男性読者の股間を直撃する淫猥表現**が随所で光彩を放っていたため、幅広い作風のなかでもとりわけ官能の場面が特長的と評されるようになっていく。

南里は、それ以前に定職についていなかったわけではなく、二十一歳で『日本農業新聞』の記者になり、最後は引退するまで十九年ほど論説委員を務めていた。作家活動を専業化するまでの兼業時代が長期にわたったことになる。この時期にも短編「鳩よ、ゆるやかに翔べ」などを雑誌に発表し評価を得てはいたが、彼にとっては、記者を辞めてのち南米に取材旅行をして一九八〇年に発表した長編『獅子は闇にて涙を流す』（徳間書店）が、決定的な跳躍点になったといえるだろう。これは南米を舞台にしたミステリー作品で、このあと意欲的にミステリーと冒険小説を組み合わせた作品をつぎつぎと発表したことで、作家としての地歩を固めていった。

しかし圧倒的な数の読者をつかむことで官能作家としての名声を築いたのは、その後の『武蔵野薔薇夫人』(講談社文庫)など当時の有閑マダムを登場させた「夫人シリーズ」と、企業の内幕とエロスをからめた『特命欲望課長』(徳間文庫)などの「欲望シリーズ」だった。

映画化された作品(『未完の対局』)が国内で評価されただけではなく国際的な映画祭でグランプリを受賞するなど幅広い活躍ぶりで、後輩の信望も厚く、まさに重鎮といっていい立場へとのぼりつめていった。著書のプロフィール欄には、トレンチコートやダブルの背広にサングラスといった姿の写真が掲載され、いかつい印象を受けた読者も多かったようだが、人柄は九州男児らしい剛健さの反面、「含羞《がんしゅう》の人」ともいえるシャイな側面をみせるところがあった。長期にわたって第一人者として創作をつづけ、作品数もトップグループに入る。日本文芸家クラブ理事長を務めるなどの活動をしていたが、一九九九年に脳内出血で倒れた。療養中にも創作への意欲をみせて復帰を期待されながら、二〇〇八年一月に膵臓《すいぞう》がんのために六十八歳で他界した。

以下は、『華やかな牝獣たち』（講談社文庫）の一節である。パリから帰国した気鋭のファッションデザイナーが、モデル、秘書、有閑夫人などを性技で攻略しながら、オリジナルブランドで世界制覇をめざすが、そこに老舗アパレルメーカーの罠《わな》が待ちかまえる。虚飾と野望を描く官能サスペンスだ。

狩野は少し身を起こし、くびれた胴を両手で摑み、ぐいぐいと油まみれの女芯を突き貫いた。

ジャクリーヌの溶けきった女の内部は、熱い粘りつきをみせる。それに、すぐれた粒立ちと、ぬくもりと、締めつけに富んでいる。

狩野はその中を、着実に漕いだ。

「ああ……またよ……また、赤い矢が頭のてっぺんまで突きあがってくるわ」

そういう言葉の具合だと、ジャクリーヌはもう何回か、いっているようである。

狩野達也は、しばらくの別れとなるこのパリファッション界のトップモデルに、肚《はら》の底まで快楽の記憶を打ち込んでおこうと、上体を起こして挿入したその姿勢を生かし、右手を前にまわして狩野家秘伝の豆潰《まめつぶ》しを敢行することにした。

挿入し、硬直で秘肉の中を深く突き捏《こ》ねながら、かたわら、右手の親指で金髪の毛むらを掻き分け、クリトリスを押し捏ねてやることである。

女性のもっとも敏感な部分である彼女のクリトリスが、今や赤く艶めいて勃起しているのを極立たせて、フードを剝ぎ、親指で時計回りに、ぐねぐねと、刺激してやる。

「ああっ……それっ……弱ーいっ」

途端に、ジャクリーヌが恐慌に見舞われたように、身体をぶるっ、ぶるっと震わせる。

†フランス書院文庫とマドンナメイト文庫の衝撃

この頃までの官能小説は、ノベルスといわれる判型の本で読まれることが多かった。いわゆる「新書判」と同様のサイズだが、当時の実感としてはそれよりもすこし大きめの外見で、厚みのある感じだった。単行本よりはずっと手軽でありながら、それなりの読み応えを感じていた読者が多かったのではなかろうか。手に収まりやすく、携帯にも便利なポケットサイズであるため、官能小説だけでなく広く他分野の出版物にも普及している判型だが、官能小説ではとくに定型のようなサイズになっていた。

しかし、さらに小型で安価の文庫判が大量に流通しはじめるようになると、官能小説もその方向に移行していく。当初は昔ながらの読者にはいささか抵抗もあったようだが、読み慣れてしまえば、淫らな妄想に感情移入するのにも手頃な本の形態になった。むろん現在も、かつてのノベルス判にこだわる読者が年配者にはいないわけではないが、ぐっと少数派になっているとみていい。

ポルノ小説を刊行する出版社としてその名を知られ、苛酷な監禁、凌辱、SMなどをハードに描いて、強烈な嗜虐性やフェチを好む、いわゆる「マニア系」の読者には貴重な存在とされたフランス書院が文庫判を出したのが一九八五年。それまでは海外ポルノを、やはりノベルス判で発行するのが主流だったが、**フランス書院文庫**の登場によって、官能小説の読者層は、さらに数段広がることになる。社会的にも**「マニア系」の読者とその他の官能作品との垣根が徐々に取り払われていく契機となった。**官能小説の歴史において特筆すべき「動き」の出発点といえる。

同じ八五年の暮れには、これもそれまでノベルスで刊行されていた**マドンナメイト**（二見書房）が文庫化され、読者層の拡大をいっそう加速させた。最近ではコンビニや空港の売店などでもフランス書院文庫やマドンナメイト文庫が書棚に置かれているのがめずらしくないが、その発端はこの八五年の文庫の創刊にあったといえる。軽便で電車内などでも読みやすいことがセールスポイントの文庫と官能の組み合わせは、当時は意外とされたが、その後、数多くの出版社が官能小説の文庫に参入し、いまや官能小説といえば大多数の読者が文庫をイメージすることからも、その成功が及ぼした影響がわかるだろう。

なお、文庫判の隆盛の陰で、かつて十数誌あったマニア系のノベルス判シリーズの雑誌は、いまはごく少数しかなくなった。

†フランス書院系の名手たち

この時期（八〇年代前半から中盤）に世に出て現在も活躍中の作家には、雨宮慶、鬼頭龍一、綺羅光《きらひかる》、高竜也《こうたつや》など「フランス書院系」のハードな性描写を売りにする作品で知られる多くのベテランに加え、由紀かほる、山口香など、「**凌辱系**」といったマニア色の濃い作品だけでなく、幅広い作風で読者をつかんでいる名手が少なくない。

凌辱系やSMなどマニア系の作品を主体としている作家たちは、団鬼六、館淳一などの少数を除いては、あまり素顔を明かしたがらない傾向があるので、ここでも詳しくは紹介しないが、作品ではすでに読者におなじみの作家が多い。凌辱やSMの苛烈なシーンを好んで描いていても、団鬼六や館淳一がそうであるように、日常ではごく温厚といえる作家がほとんどである。

雨宮慶は一九四八年、広島県生まれ。編集者やフリーライターを経験し、作家活動に入った。作風は幅広いが、「フランス書院系」のほか、「エンターテインメント系」でも活躍し、痴漢ものなどにも特異の筆をふるっている。淑女でありながら悪女と淫乱の要素を併せもった美女を描く作風が特徴のひとつだ。たとえば、『人妻の誘惑』(二見文庫)で、結婚十年になる庭師の妻が、夫のもとに弟子入りした十九歳の若者に抱かれるシーンを掲出しよう。

ペニスをクレバスに当てがった。生々しい感触と同時に夫の顔が脳裏をよぎった。だがそれだけだった。欲望に取り憑かれた茜は、もはやこの先のめくるめく官能の世界しか見ていなかった。

亀頭を膣口に合わせ、息を詰めて、ゆっくりと腰を落とした。〔中略〕

「アンッ……アアッ、いいッ!」

腰を落としきると同時に、身ぶるいするような快感が子宮から背筋を突き抜けていき、めまいに襲われてのけぞり、それだけで茜は達した。

綺羅光は東京都出身。一九八四年に『女教師・裕美の放課後』(フランス書院)でデビューし、エースの一人になっている。**「調教もの」**を中心とした凌辱系を得意とし、ハードな情景を描きながら男女の心理を抉《えぐ》り出す作風に定評がある。

高竜也もフランス書院から一九八三年の『女囚・圭子』でデビュー。母子相姦など、熟女が血筋のつながる若い男を性の秘園に導くといった作品に本領を発揮している。

鬼頭龍一は一九八二年、フランス書院から『姉と弟』でデビューし、禁忌《きんき》とされた肉親の性愛を描きつつ、**「下着フェチ」**の分野でも倒錯的な作風によって異才をみせてきた。

†結城彩雨の「肛虐」

特異な存在として、ひたすら肛交や肛虐に執着する**結城彩雨《さいう》**が、やはりマスコミには正体を見せたがらない作家として、フランス書院文庫で高い人気がある。その一部は「結城彩雨文庫」という独自のシリーズとして書店に並べられているほどだ。なにしろ、アヌスへのこだわりが徹底している。アナルセックスや浣腸などの肛戯を作品に取り入れる作家はいるが、ここまで「アナル専科」といえるほどの作家は、ほかには見当たらない。

結城の作風に一定数以上の読者がコンスタントについているということは、かなり一般的に同好の士が存在することを裏付けている。たしかに、お尻の穴に執着する男たちが世に多いことは経験的にも感じられる。

『美肛妻と淫肛妻』(フランス書院文庫)から、ごく一部を掲出しておこう。美人の助教授夫人が、夫の教え子に拘束され、浣腸や捻り棒でいたぶられた肛門を犯され、肛虐調教に引き込まれていく。

白い双臀をがっしり押さえつけて、先端にじわりと力を入れた。

捻り棒のいたぶりでゆるんだ陶子の肛門がジワジワと押しひろげられ、やがてミシミシと裂けそうになった。

「いやッ……う、うむ……ひッ、ひいい……」

「ほれ、俺のが尻の穴に入っていく感覚を、じっくり味わうんだ」

「ひいッ……裂けちゃう……」

たちまち陶子は脂汗にまみれた。もう息もできない。口をパクパク動かし、ひいひいと悲痛な鳴き声を放つ。
陶子の肛門は極限まで押しひろげられ、灼熱の頭を呑みこんでいく。汗にヌラヌラ光る双臀が硬直してブルブルふるえた。
「う、ううむ……」

†スチュワーデスと……

山口香《かおる》は山口県の出身で、駒澤大学文学部を卒業後、二十年に及ぶ編集者経験をへて、退社と同時に『獣辱の狩人』（勁文社）で作家デビューした。旅情ミステリーをからめた官能小説のほか、ハードな分野の作品も多い。
たとえば、『美唇の饗宴』（ケイブンシャ文庫）では、銀行の渉外担当責任者で、四十二歳の妻子ある身でありながら、下半身に人格なしを自認する男が、訪問先の書道家の二十九歳の娘と交わる場面を次のように描く。

指先で体内をこねくりまわすと、由美は腰をくねらせた。
噴き出した蜜液は桃尻の谷間をすべり落ち、しわになったシーツに絡みつき、甘酸っぱい女蜜の香りを立ち上らせていった。

「おねがいっ、もうだめっ。一度、イカせて。もうイキたいの」

鈴木が指にピストン運動を加えて弾力豊かな子宮の奥壁を圧迫していくと、由美は激しく腰をくねらせた。

「じゃあ、入れさせてもらうよ」

鈴木はトランクスを脱いで、いきり立った肉の棒を由美の入口にあてがい、覆い被さるかっこうでゆっくりと腰を突き出していった。

「うっ……破れちゃう……」

由紀かほるは学生時代から小説を手がけ、凌辱系の作品に特性がある。スチュワーデスを主人公にした機内の淫戯や海外を舞台にした異国がらみの作風に独自の分野をひらいた。『国際線スチュワーデス　凌辱飛行』(青樹社)では、美人スチュワーデスが、彼女を調教している男に命じられ、若い店員をセックスでもてなす。

脚もとに制服がパラリと落ちる。残ったのは腰に着いた薄いパンティ一枚だけである。里沙は後ろを向いて、皮を剝くようにヒップから引き下ろした。瑞々《みずみず》しくはり切ったヒップの肉が、プルンと揺れる。

里沙はわざと脚を開くと、上半身をひねって、丸まったパンティを岡村に投げた。パンティは、身をのり出してヒップの狭間から、奥をのぞき込んでいた岡村の顔に命中した。次の瞬間、岡村は里沙の腰に抱きついていた。

「す、好きですっ」

思わず叫んで、挑発的な丸いヒップに頰ずりした。

†マドンナメイト文庫の美少女もの

マドンナメイト文庫は**美少女もの**に特色がある。美少年と年上の女の性愛を描く作品も多い。砂戸《さど》増造《ますぞう》、川本耕次、吉野純雄は、そのマドンナメイト文庫を中心に活躍してきた作家である。いずれもベテランだが、**砂戸増造**はSM小説との出合いが早く、一九六〇年代からあった『風俗奇譚』誌に『O嬢の物語』の完訳を載せたり、別名でSM全盛時代の各誌に英米SMの翻訳を紹介したりしていた。七〇年代から創作に転じて、ハードな凌辱や「調教もの」を描いて読者を獲得した。七十冊あまりの作品を世に出して、五十年にわたる作家生活から引退したのは二〇〇四年一月であった。

川本耕次は、学生時代から官能劇画の編集に携わったが、自販機本の編集者をへて、マドンナメイト文庫のほか小説誌にも「美少女もの」を中心とする作品を発表してきた。その後はカメラマンの仕事にウエイトをおいて『天然生娘』などの写真集を出している。

吉野純雄はひたすら「美少女もの」を書き続け、**「ロリータの吉野」**としてマニアには名声が高い。ロリータ趣味の作家はほかにも少なくないが、吉野純雄ほど一筋に、長期間にわたって少女愛を貫いてきた作家は見当たらない。稀少なベテランとして、後続のロリータ作家たちを先導している。

これらの、フランス書院文庫、マドンナメイト文庫にグリーンドア文庫（勁文社）が加わって、官能小説文庫のトライアングルを形成した。グリーンドア文庫は、「マニア系」を中軸に「エンターテインメント系」までをも守備範囲にした作品群で読者を獲得していたが、現在は数多くの印象深い作品を収めたシリーズを休止している。

そのほか「エンターテインメント系」としては、双葉文庫、徳間文庫、講談社文庫、廣済堂文庫、幻冬舎文庫、祥伝社文庫、光文社文庫、大洋文庫、学研M文庫などでも官能小説が定期的に刊行されている。官能小説で盛名をはせた桃園文庫は、現在はなく、太田出版が後年に加わったノベルス判の官能小説シリーズも中断されている。ごく最近では、無双舎文庫が発刊され、今後の展開が期待されている。

文庫化によって大変動を遂げた官能小説の世界でも各版元の消長は激しいが、出版界の不況のなかにありながら、本流は絶えることなく続いている。後述するように、時代小説ブームに乗った「時代官能小説」も主力エンターテインメントとして広い読者を獲得している。

†北沢拓也の「言葉責め」と「腋窩フェチ」

さて、一九八〇年代後半に視点を戻そう。この時代の性風俗をキーワードでふり返れば、テレクラ、ノーパンしゃぶしゃぶ、医療プレイ専門店、性感ヘルスなどであろうか。昭和から平成へと元号が変わる寸前のめまぐるしい時代である。

こうした世情の動向のもと、一九八六年に『不倫狩り』(廣済堂出版)でデビューし、「エンターテインメント」としての官能小説で広範な読者を開拓した作家の最前列にいたのが**北沢拓也**である。出版点数も抜群に多く、この分野の記録メーカーになっており、知名度も高い。不倫をからめた「人妻もの」や「サラリーマンもの」をはじめとして、ソフトなものから極度に淫猥なものまで、独特の官能性・淫奔さに満ちた作品を世に送り続けた。

とはいえ、その淫奔さは過度なものではない。「言葉責め」などのきわどい表現や、「アナルセックス」などのマニアックに陥りがちな場面であっても、多くの読者に抵抗なく読ませて、偏執的な印象は与えない。官能小説の定番である、巨根で精力絶倫、性技も抜群といった男が女体を遍歴していくというパターンを得意としながら、淫靡さのなかにユーモアやペーソスも紡ぎ込んで、読者を独自の官能世界に引き込んでいく。

書店の棚にこの著者の新刊がみられないことのないほどの売れっ子であった。その作風をたとえて、同じような具材のサンドイッチをふるまいつづけながら、なお食べ飽きさせない風味、ともいわれている。

一九四〇年に東京で生まれ、中央大学文学部を卒業後、出版社や広告代理店に勤務のかたわら官能小説を新聞、雑誌などに発表していたが、その後、作家として独立に踏み切った。八〇年代末から九〇年代初めにはもうトップ集団を走っていた印象がある。北沢はその幅広い作風のなかでも、女に卑語を言わせたり浴びせかけたりする言葉責めや、女の腋の下に興奮し、舌を這《は》わせて悶えさせせることに執着する「腋窩《えきか》フェチ」などにおいて独特の表現を極めている。

女の右の腕を押し上げ、羊介は、紗和の無毛の腋窩《えきか》を舐めまわした。

「ふうーん、はあーんっ」

「腋毛はどうしているんだ、剃《そ》っているのか?」〔中略〕

「ボサボサではいやでしょう?」

「それでもいいぞ」〔中略〕

羊介の右手の腹が溶けくずれはじめた秘部の上べりの、肉の実のような突起にふれると、

「ああっ、そこッ……」〔中略〕

「ここか?」

羊介は、莢《さや》をはらって硬く突出した紗和のその部分を、彼女のうるみをまぶした指の腹でくりくりと揉《も》み弄《いら》った。

「ああーっ、感じるわッ」

紗和の浮き上がった腰がひくひくと跳ねを打った。

「どこが感じるんだ、ん？」

「あなたの指で弄《いじ》られているところよ」

「おさねか？」

「いやッ……羊介さん、いやらしい」

「どこが感じるのか言わないと、やめちゃうぞ」

「だめっ！……上のお豆が、感じるの！」


（北沢拓也『抱きごこち』廣済堂文庫）

デビューから約十年をへた一九九七年には二百冊達成のパーティが開かれ、その精力的な活動と充実ぶりは出版界の語り種になった。独自の路線をひた走り、出版点数は三百冊を超えたが、惜しまれつつ二〇〇八年に亡くなった。

9　おんなの時代の官能表現

†奇才・睦月影郎

一九五六年生まれの睦月影郎《むつきかげろう》は、一九八〇年に二十三歳の若さでデビューした異色の官能小説作家だが、その三年後に発表した長編『聖泉伝説』(群雄社刊、現在、幻冬舎アウトロー文庫)で奇才ぶりを遺憾なく発揮した。『古事記』にからむ伝説と山里の村に残る習俗を背景に妖《あや》しい妄想の世界を描き出し、淫靡な展開をみせる物語だ。その時空を超えた情景描写も圧巻であるが、読者を感応させるのは、そこに描き出される女体への並々ならない渇仰《かつごう》である。

女という存在、その女が具有する肉体とその内面すべてが男の性愛の対象であり、また、それによって触発される淫欲が女体への執拗な性戯として形象化される。その行為は女体を熱愛するゆえの衝動のかたちであって、いわば純真な心情の発露であり、その性愛の指向は濃厚なフェティシズムへと至る。

女体への渇望は、**女の秘部から足先まで、すべてを舐めまわすという「奉仕」**のかたちをとる。女体を愛するあまりに、そこから分泌される体液もすべて熱愛の対象となる。汗の匂いや愛液はもちろん、排尿を見たり浴びたりすることに歓びを感じるといった嗜好にもつながるが、それは、いわゆるスカトロジーとは異なる感覚といえる。『聖泉伝説』では、女体の切り傷から滲《にじ》む血液をも渇仰し、ついには女の股間から体内に呑《の》み込まれたいという欲求にまで膨張していく場面がある。

睦月は、官能作家のなかでもとりわけフェチ色が濃厚だ。自伝的小説などを読むと、少女、熟女を問わず、「世のすべての女性は女神さま」というほど女と女体への憧憬が強く、その熱い性のエネルギーが官能作品を書く姿勢にこめられているのがわかる。**「変態こそが人間の正しい姿」**を信条としているが、それはむしろ女への愛慕の極致という印象を与える。あまりに淫らすぎて純粋、あるいは、あまりに純粋ゆえに淫らといえようか。

こうしたフェティシズムと奇想ロマンが睦月ワールドの特色ではあるが、その後の作品は、「青春もの」から「不倫」、「倒錯の淫戯」までと幅広く、後述するように、「時代官能小説」でも独自の世界を展開している。また、官能小説のほかにも、別のペンネームで小説やマンガも発表するという多才ぶりで、古書店を経営し、主宰する居合道場の宗家でもある。

『聖泉伝説』から掲出しておこう。少年の羽仁安彦は、淫らな習俗のある村に育ち、異端の欲望を募らせる。姉と慕う従姉・奈美子の排便を覗き、それが発覚すると、彼女への熱愛と奇異な願望を告白する。

「僕も奈美子姉ちゃんに……」

舌がもつれ羞恥に顔が火照った。胸は高鳴り、布団の中でみるみる分身が膨張して脈打つように蠢いた。

「え？　なあに」

「……僕も姉ちゃんに食べられたい」

「何の事？……あたしが、やっちゃんを食べちゃうの？」

小首をかしげ、暫し怪訝そうに考えていたが、やがて奈美子は、クスッと肩をすくめて笑った。

「やだ。だって、どうして？」

「……そうして欲しいから」

「そうして、どうするの？」

「姉ちゃんの身体の中で遊び廻って、最後は姉ちゃんのウンコになるの……」

羞恥と発熱に、安彦は身体が宙を舞うような快感に浸った。


『淫の館　深夜の童貞実験』（マドンナメイト文庫）ほかの奇想ロマン三部作にも特徴的にみられるように、性に未熟な若者が女体の淫美に開眼し、幼さゆえの純真さを秘めながらも急速に性技を修得すると、倒錯的ともいえるフェティシズムを発揮して女体を満喫していく、というタイプの作風が中心にある。

†睦月の「時代官能小説」

睦月は、著作の刊行点数が年ごとに増加傾向にあるという精力的な創作活動をみせており、これまでの総数は三百点を超えている。二〇〇八年でみると、二十九冊を世に出しているが、そのうち半数以上が「時代官能小説」といわれる分野の作品である。近年とくにこのジャンルに重点がおかれていることがわかる。

くノ一（女忍者）が活躍する「かがり淫法帖」シリーズ（廣済堂文庫）や、媚薬《びやく》を売る薬種問屋に身を寄せる浪人が筋立ての中心になる「蜜猟人　朧十三郎」シリーズ（学研M文庫）のほか、祥伝社文庫、徳間文庫、双葉文庫、竹書房ラブロマン文庫などにも時代官能を書いている。それらの作品の出版元は別であるのに、各シリーズに登場する脇役的な人物や時代背景が、自由に交錯するという風変わりな実験を試みているのも特徴的だ。

睦月は時代官能においては、おおかたの作品で、生い立ちや身分は異なるが十八歳の若者を主人公として登場させ、シリーズの狂言回しとなる人物とからんで性体験を重ねていくという作風を保持している。読者は、別の出版社のシリーズを読みながら、また別のシリーズの舞台設定を思い出して、共通の時代空間に入りこむこともできる。

ここに掲出するのは、『蜜謀　かがり淫法帖』（廣済堂文庫）の一場面。小田原の小藩に藩主の子として生まれながら、跡取りの双子の弟という秘事とされるべき存在であるため箱根山中の忍者の里で育てられた小弥太は、兄の死によって若い藩主となるのだが、それを阻む勢力が暗躍する。その若君に同行して江戸の下屋敷で警護するのが、幼馴染みのくノ一、かがりとその一党だ。かがりの母で熟女の霞が、淫法で小弥太に性の手ほどきをする。

ぐいっと力を入れると、熱く潤った陰戸が開かれ、ぬるぬるっと滑らかに呑み込まれていった。

その肉襞の摩擦だけで危うく果てそうになるのを必死に堪え、小弥太は根元まで貫いて柔肌に身を重ねた。

「では、徐々によくしていきます。なるべく我慢なさってください」

霞は言いながら、下腹に力を入れていった。

すると、いきなり根元がきゅっと締めつけられた。

「これが巾着。さらにこれが蛸壺。そして俵締めです」

次々と、霞は内部を収縮させて様々な名器を再現しはじめた。

「ああ……、気持ちいい……」

「まだまだ堪えてくださいませ。これが数の子天井、さらに蚯蚓《みみず》千匹」

霞の肉壺は、さらに感触を変えていった。

†女性上位の時代に女性征服系で反発？

平成元年となる一九八九年、二十一世紀まであと十年近くとなり世紀末の風潮が濃くなるなか、日本社会で女性たちは元気を増していった。それに圧倒されるように、男たちは意気の上がらないまま、世の閉塞感《へいそくかん》に押しつぶされていくような傾向が目立ってきた。

当時の流行語をみると、八九年の流行語大賞に選ばれた「オバタリアン」をはじめとして、国政選挙では「マドンナ旋風」が吹きあれ、また、ボーイフレンドを「アッシー君」として送迎の足代わりに活用する若い女性たちが増えていた。

男たちといえば、定年後に家でぼんやりしているだけで妻だけが頼りといった「濡れ落ち葉」が冷たい視線にさらされ、働き盛りのはずのサラリーマンが急ぎの仕事もないのに会社に残っていたり、会社を出ても帰宅する気になれずに居酒屋で時間をつぶしたりするといった「帰宅恐怖症」が話題になった。

官能小説は世相に敏感であり、それを反映した傾向が作品にあらわれてくる。といっても、ストレートな反映ばかりではない。

巨根と性技で女をメロメロにして、言いなりに従わせるタイプの「**女体遍歴もの**」、仕事では厳しい女上司をセックスで籠絡《ろうらく》して昇進に結びつけるといった「サクセスもの」などは、現実とは裏返しの、男たちの切ない願望をあらわす、せめてもの反抗といえるエンターテインメントである。これはいつの世にも官能小説の主流にあるジャンルの一つだが、とりわけそうした作品が人気になったのは、多くの男たちが、しばしの夢としてこんな願望をいだいたからとみられる。

その願望が、もっと攻撃的なかたちをとって表現されると、官能小説では、「凌辱もの」、「SMもの」といった分野として読者に提供される。このジャンルの作品もまた、男たちの願望に応えて各時代に共通して存続してきたが、とくに女性上位の傾向が勢いづくときに反発的に強く求められてきた。それにも理由がある。

女を暴力的に犯すことによって牡《おす》としての征服感を味わい、犯される女が日常の仮面を脱いで男のいうままに性の快楽に溺《おぼ》れていくのを見ることで強い自分に満足するといった欲求が、多かれ少なかれ男にはある。女性上位の時代には、その牡の本来的ともいえる願望が刺激され、レイプや凌辱を扱った作品が好まれるのであろう。

†「甘え」の時代の「少年もの」

だが、そんな願望で時流は動かせないこともまた、男たちはよく知っている。マニアとしてその妄想の世界に浸りきれる読者もいるにはいるが、むしろ一般の読者は、それがごく一時的な、むなしい願望であることに気づいている。そんな読者には、時流に抵抗するよりも、流れのままに願望を満たす方策が現実的な対応に見える。そうした心情は、女を性的に支配することとは逆に、**従順に甘えることで愉悦を覚える**傾向につながっていく。甘え、奉仕し、そして女と同調しながら性感を昂めていく。これがいちばん現実的と思えるセックスであれば、官能小説でもその分野の作品が増加していく。

「甘え」ということでいえば、セックスで女をリードするのではなく、**豊かな女体に身をゆだねて惑溺する**タイプの作品が目立ってくる。となると、相手の女は経験のある年上が好適だ。そこで官能小説では、「**熟女もの**」という分野が人気になる。

ただ他方で、「熟女」といってもあまりヒロインの年齢が高すぎては作品として成立しづらいため、相対的に男の年齢が低くなっていく。そこで「**少年もの**」といわれる分野が脚光をあびる。性的に未熟な若い男が、年上の女に淫らなリードを受けながら、**精力だけ**

は十分すぎるほどあるという特長をフルに活かして、硬いペニスとセックスの回数で性感を盛りあげていくというタイプの作品である。

年上で甘えやすい身近な女ということから、姉や叔母、さらには義母や実母などの近親へと対象がつながっていくこともある。これが「相姦もの」だが、かつてのように禁忌を破ることへの後ろ暗さはうすく、逡巡《しゅんじゅん》はあっても、それは乗り越えることで性の快楽を増大させるためのステップにすぎない。

また、男が「甘え」をぶつける女体の象徴といえば、巨乳、美乳、そして豊満なお尻ということになろう。そうした部位への執着を示す作品の興隆もまた「甘え」の時流と関連している。

一九八〇年代の終末は、男女の性的関係性が大きく流動化していくただ中にあり、それが官能小説界の志向性にも色濃く反映した時期だったといえる。

10 群雄割拠――女のイマジネーション、男のテク

†女流作家は男の股間を刺激できるか――藍川京の登場

一九八九年は、女流官能小説家の系譜のなかで、丸茂ジュンの登場から十数年ぶりの大きなピークとなった。**藍川京**のデビューである。マドンナメイト文庫から出した処女長編（現在『華宴』のタイトルで幻冬舎アウトロー文庫に所収）は、分類からいえば女流によるSM系作品といえる。注目されたのは、優雅な文章で描く豊潤なストーリー性とともに、そこで展開されるセックスシーンのハードな描写だった。

情感のこもった性的描写は、男性読者の欲望を鋭敏に衝いて、いやおうなく淫心を煽りたてる。当初は、女性の名義で男性作家が書いているのではないかと疑われたほどであっ

た。というのは、そのころの官能小説の評価では、女流の作品は、男性読者を淫情にかりたてる急所からはズレがあるとか、女体の性感のありように真摯《しんし》に寄り添いすぎるため妄想が膨らみにくいとか言われ、だから女性作家は本質的に官能小説にマッチしないのだ、といった偏見も広がっていたからだ。

女性作家が男性作家にくらべて劣っていたというわけではないのだが、たとえば女の快感を描く筆致に誇張による迫力が不足し、そうであるならと、官能小説の男性作家による独占を唱える人たちも現われたのである。だが、当然ながら女性作家には、男性作家にはない感覚がある。たとえば、「子宮が疼く」といった表現は、男性作家にとってはあくまで想像にすぎないが、女性が書くとある種の「実感」がこもり、少なくとも、読者はそれを読み込む。

そうした、いわば子宮感覚的な表現は、女流作家にとっては有力な武器になる。他方で男性作家は、実感がなくて書くのだから、どこか後ろめたさのようなものがあり、それを補うために、過激な表現や微妙な筆力が必要とされる。妄想を膨らませ、現実よりはずっと強調された描写で、多くの男性読者が共有できる「淫情」を醸成しようと精励する。その結果が、現実にはありえない女の快楽の表現にもつながった。たとえば、レイプされて絶頂快感に到達する女など、一般には女流作家の感覚からすればありえないが、男性作家はその状況を読者と共有するために、ありありと描き出すことをはばからない。

そこで、官能小説では実感よりも妄想のほうが読ませるとか、実感に制約される女性作家は官能小説には向かない、といった見方も広がっていたのだった。

†藍川京の「催淫力」

ところが藍川京は、この風評をはね返す作品をつぎつぎと発表した。SM系ばかりでなく、雅《みやび》な和風の性愛小説、あるいはコミカルで濃厚なお色気作品など、現在も幅広い作風で描きつづけている。

熊本県出身で、福岡女子高校を卒業後、現代文芸研究所に所属して小説修業をつづけた。OLなどいくつかの職業を経験してからのデビューであった。そうした経験が作品に生かされているのはいうまでもないだろう。

藍川の作風は、女流作家特有の感覚を駆使しながらも、官能描写にはそれにとどまらない豊潤なイマジネーションがあふれ出ており、物語の「**催淫力**」を際立たせるものだ。流麗な文体でハードな官能を描く藍川には、それまでの女流とは異なる感性があり、男が官能小説に求める淫猥さも保持しているのである。

作品を書きながら淫らな妄想をかきたてられ体で感じすぎて腰が立たなくなる、と告白した彼女の随想を読んだことがある。月産四百枚をこえる精力的な作家活動のかたわら、スポーツ紙のコラムなどに日常のお色気話などをつづった連載もあって、作者の実像を垣間みせる。

藍川の実像は、活字があたえる印象とは違って、むしろ恥ずかしがり屋である。作品の舞台としてもよく描かれるように、古都の情趣を愛し、和服での外出も日常的である。茶目っ気があり、しかも含羞《がんしゅう》と色香をほのかに漂わせ女性らしさを感じさせる。ハードな官能描写は彼女の実際の容姿と結びつきにくい。

かつて酒亭で会合に同席したときに、親しい作家仲間の睦月影郎が、なに食わぬ顔で「お京さん、図書館でいちばん偉い人は何て呼ぶんだっけ?」と問いかけるのを脇で聞いたことがある。藍川京は、急に口をつぐんで恥ずかしそうに下を向いてしまった。もちろん「館長」といわせたいのだ。「カンチョウ」から「浣腸」を連想させて困らせようというイタズラであるのを察知したようである。「じゃ、軍艦の最高指揮官は?」と追い打ちをかけられると、この女流作家は少女のように顔を赤らめていた。

執筆のときは大胆に淫奔な官能用語を繰り出せるのに、日常ではまるで違う。この落差の大きさに作品の魅力の一面が秘められているように思えた。

『炎《ほむら》』（幻冬舎アウトロー文庫）の一節を紹介しよう。大学生の主人公が、志野焼の窯元《かまもと》である実家への帰路をたどりながら、かつて覗き見た父と若い継母の性の姿態を思い浮かべるシーンだ。

白い痩身が硬直して跳ねた。

布団に押しつけている頭をやっとのことで動かして肩越しに振り返った藤絵の顔は、息を呑むほどに妖しかった。しないで……と訴えている泣きそうな目が、雅光の嗜虐の血をいっそう滾らせた。

「藤絵は恥ずかしいことをされるのが好きだろう？　洩らしたように濡れてるぞ。ひょっとして、本当に洩らしたのかもしれないな」

「いやっ！」

ついに藤絵は尻を下げて躰を横に倒し、逃げる体勢になった。

雅光は藤絵を仰向けに転がした。〔中略〕

「そうか、欲しくはないのか」

意地悪く言った雅光は、触れるか触れないかという微妙さで乳首を責めたてた。

「それは……いや……もっと」

微妙な愛撫に耐えきれなくなった藤絵が、ついに雅光が望んでいた言葉を口にしていっそう胸を突き出した。

「もっとなんだ。あそこに太い奴を入れてほしいんだろう？　こいつを」

†北山悦史の「秘技もの」

一九八九年は、昭和六四年であり平成元年でもある。改元にともなう心持ちの変化だけでなく、バブルのさなかにあって世情も激しく変転した。それにともない性風俗をめぐる状況もめまぐるしく流動していた。性感マッサージが人気になり、ニューハーフ・ヘルスが話題をよんだ。ＳＭもまた、それまでのように変態視される傾向が弱まり、「ソフトＳＭ」がマンネリにおちいりがちな日常の性生活の刺激剤として、一般的に認知されるようになってきた。

もともと花柳界の隠語の「ふくまん」が、伊丹十三の映画のヒットによって「あげまん」として流行語となった。その語感にあらわれているのは、もはや実力で運をつかむというよりは、セックスによって女から幸運をもらうことに期待するという男たちの切ない心情である。「逆玉」作戦といって、男が裕福な女の玉の輿《こし》に乗ることを狙う風潮も話題になった。

レディースコミックが流行のきざしを見せ、女の性は貪欲《どんよく》さを増していく。その反面でセクシュアルハラスメントが問題にされるなど、男たちは職場でうっかり性的なジョークも口にできない雰囲気に圧迫されつつあった。

官能小説の世界では、「凌辱系」を機軸とする山口香などの台頭もあったが、一九九〇年に官能小説大賞を受賞した北山悦史のように、絶妙の性技でひたすら女体に奉仕するといった傾向の作品も目立ってきた。

北山悦史は、一九四五年に北海道で生まれ、山形大学文理学部中退後、学習塾運営などをへて作家になった。気功師として教室で指導もする実力者で、その気功の技を女体への奉仕に活用したとみえる愛戯——たとえば**揉み技で女体を昇天に導くといった指テク**——が作品によく描かれる。「**秘技もの**」と名づけられる作風である。

ここで、『淫技　もっと激しく』（マドンナメイト - R文庫）を引用しよう。不動産会社の営業マンが外交をしながら策略で誘った若妻と、欲望のままに関係をもつ。

研一は二の腕に唇を這わせた。

「あっ、はああ……」

和花菜は胸を抱いてのけぞった。研一は右手で左の二の腕をさすりながら、あごを愛咬した。和花菜は身震いをして内腿をすり合わせた。

研一は悶える内腿を膝で愛撫し、ねっちりと口を重ねていった。〔中略〕

しなやかな髪をやさしく撫でながら、舌を深く挿し込んだ。

舌と舌が接合した。〔中略〕

二の腕をさすっていた手を這い下ろして恥芯にくじり入れるなり、秘口を探って中指を没入させた。

「んんっ！」

絶頂のほとぼりの冷めきらない体は正直で、恥骨は上下した。研一は小刻みに抜き差しさせた。

「んっんんん！」〔中略〕

和花菜は自分から舌をぬめり合わせてきた。研一は指の抜き挿しを大きく往復させた。恥骨は、しゃくり上げるような動きを見せた。

そのほかにも官能作家のなかには変わり種が登場して特色を出すようになっていく。それだけ官能小説の分野も広がりを見せ、読者の多様な嗜好に細やかに応えようと、さらに作家たちはあの手この手を駆使するようになる。このころには、現在あるジャンルもほとんど出揃《でそろ》ってきたといえる。

11　癒し系の時代

†ふともも作家・牧村僚

ソビエト連邦が解体した一九九一年。日本でヘアヌード写真集が事実上解禁されたとみられるのもこの年である。

そして同年、官能小説の世界では**牧村僚**が『姉と叔母　個人教授』（フランス書院文庫）でデビューした。「**ふともも作家**」の異名をとるようになり、現在では第一線の売れっ子作家である。

一九五六年東京生まれで、筑波大学の理系出身ということからも、官能小説作家としては異色といえる。大学を卒業後、フォーク歌手を目指した時期もあるが、音楽系のライターへと転進し、その後、年上の女性に対する憧憬と年若い男の性へのめざめを主題にした官能小説を発表し、広い読者層をつかんでいく。

とりわけ女のふとももを渇望する情景が描かれ、性戯にもふとももへの執着がつよく反映されることから、いつしか「ふともも作家」と呼ばれるようになった。年上の女のふとももの感触に象徴される豊潤な性交シーンによって癒しを享受する読者も多いはずだ。そのほかにも「サスペンス」や「刑事もの」、「時代官能小説」などにも幅広く力量を発揮しているが、作家としての底流にある感性は、やはり年上の女の肉感への愛着にあるといって間違いない。

†牧村僚の原体験

前述した館淳一にも、SM作品を書くきっかけとなる少年時代の濃密な体験があったように、牧村僚の作品にも性の原体験が色鮮やかに反映しているのが感じられる。作家本人が打ち明けてくれた興味深い実体験をたどってみよう。

男子の性の目覚めは一般に十二歳から十三歳ぐらいといわれているようだが、牧村少年は小学四年生の十歳のときには、オナニーを始めていたという。そのころから肉感的な女性が好きで、近所のおばさんとか学校の女教師、友だちの母親や姉など年上の女性をマスターベーションの際にイメージする対象にしていた。

東京西郊の都市に住んでいたその当時、同年代で仲のよかった友人に、彼の母親をオナペットにしていると打ち明けると、彼が自分も母親をオナペットにしていると言ったので非常に驚かされたという。それ以来、彼とはさらに仲よくなっていく。

その年の夏休みに、地区の子ども会で湘南の海へ出かけたとき、例の友人の母親が波がくるたびに怖がって抱きついてきたため、牧村少年はどうしようもなく興奮状態にさせられた。すると、彼女は少年の勃起した股間に手をあてがってきた。彼はその瞬間に海パンの中で射精し、彼女は海パンを脱がせて洗ってくれた。

また、友人が塾へ行っている時間に、彼の家でおばさんに初めてフェラチオをしてもらったという。ただ、セックスまでは体験しないうちに牧村少年が転校したので、それきりになってしまった。

同じくその当時のある冬の日、身近な年上の女性と、こたつに入っていて、牧村少年が彼女のふとももののあいだに足を突っ込むと、そのままじっと挟み込んでくれたことがあった。その肉感が忘れられず、思い浮かべてはオナニーをするようになったという。ふとももへの執着はここが発端ともいえそうだ。

大学に入って好きになったのは三歳年上の同級生であり、またその後、音楽関係の芸能プロダクションにいたころの年上女性との性体験も小説の材料になっている。

†「癒し系」の官能

牧村僚の「ふともも」描写の一例として、『義母　誘惑の美肌』(竹書房ラブロマン文庫)を掲出しよう。美しい義母への欲望を募らせていた高校生の息子が、ついに禁断の一線を越えようとする場面だ。


ああ、気持ちいい。ママのふともも、やっぱり最高だ。

うっとりした気分で、明彦はふとももにさわり続けた。肌のなめらかさも、豊かな弾力も、明彦を夢中にさせずにおかなかった。〔中略〕

「ママ、脱がせてもいい？　ママのパンティー、脱がせちゃってもいい？」

「もちろんよ、明彦さん。脱がせて」

ふとももからウエストまで、明彦は両手をすべりあげた。パンティーの縁に指を引っかけ、お尻のほうから剝くようにして引きおろしはじめる。

予想どおりと言うべきか、股布が股間を離れる際、愛液が長く糸を引くのが見えた。

義母は間違いなく感じてくれている。〔中略〕

俺のものだ。ママは俺のものだ。

胸にこみあげる熱いものを感じながら、明彦は義母の足に抱きついた。〔中略〕

「ああ、ママ、さわりたかった。こうやって、ママの体にさわりたかったんだ」

「いいのよ、明彦さん。好きなだけさわって。これからは、いつでもね」

読者の多くはそれほど若い男性ではないはずだが、それでも読み進むうちに高校生の主人公にすんなり感情移入していけるところに、この作家のポピュラリティの秘密があるといえる。中年男性であっても、豊かな肉感の女性のリードに身をまかせたいという願望を心に潜ませていることはある。

登場人物は性技の未熟な少年ではあるが、かわりに**何回でもつづけて射精できるペニス**は、読者に若き日の記憶を生々しくよみがえらせてくれる。その青い性に対する年上の女の性的な反応もなまめかしい（「少年もの」など、男の登場人物を基準とした官能小説のジャンル分けについては、第II部参照)。さらに、成熟した女体に触発された若者が、体験を重ねるにつれて**短期間に性技を上達させ、ついにはリードしていたはずの年上の女を性感のきわみに昇りつめさせるまでに立場が逆転する**過程が描かれることで、もうひとつ別の男心を満足させる要素となっている。かならずしも適切な区分ではないかもしれないが、当今の時流のなかで「**癒し系**」といわれるのはそのためだろう。

†癒し系の名手・内藤みか

バブルがはじけて不動産業など企業の倒産がつづいた一九九三年。性風俗では「ブルセラ」が流行し、摘発された店も少なくない。ブルセラとは、いうまでもなく「ブルマー」と「セーラー服」の合成語で、女子高生たちの体操着や制服から下着までを売買する店が繁昌し、新奇な現象として話題になった。女子高生たちは、自分が身につけていた下着などをブルセラショップに売り、それをマニアが買っていく。シミつきのパンティなどは高値で売れるのでとくに人気があったが、女子高生にとっては、日常用の下着が一五〇〇円以上にも売れるので、わりのいいアルバイトという感覚があったようだ。

この年にデビューしたのが、いまケータイ小説の女王として人気の高い**内藤みか**である。

当時は女子大生の官能作家といわれ、異色の新人として注目された。大学時代に大失恋をして、自分を慰めるために恋人との思い出を書こうとしたのだが、彼としたくても実現できなかった妄想をつづるうちに、官能シーンが濃密になっていったと告白している。

女性官能小説家のピークが、丸茂ジュン、藍川京とほぼ十年間隔で出現したあとに、そのつぎのピークとなったのが内藤みかであった。当初は若妻と年下の男という関係を描いた作品が特徴的で、登場する若妻には美乳の持ち主が多い。熟れ盛りの若妻に年下の男がリードされ、甘美なセックスに惑溺していく構図から、後年、「癒し系」という流行語を代表する女流作家になっていく。

内藤が「癒し系」といわれる理由のひとつは、美乳で男を甘えさせる場面をよく描いたからでもあるだろう。のちの「巨乳ブーム」を先取りしたともいえる。作品では、ときに妊婦が愛人に母乳を飲ませたり、快感に悶えて乳を飛散させたりする情景も描かれた。

結婚、離婚、育児といったみずからの実生活を書いた『奥さまは官能小説家』(幻冬舎文庫)など、自身の日常を隠すことなく打ち明けた本のほか、ホストや女性向け風俗について書いた『美男子のお値段』(角川学芸出版)、あるいは買い物についての本や、ケータイ小説の書き方といった幅広い分野の著作がある。

官能小説でいえば、従来の「癒し系」作品のほかに、これも実体験を感覚的に織り込んだかのような『きみの名も知らない』（マガジンハウス）など、ホストなどの若い男と年上の女との乾いた愛を、哀切ともいえるほどに描いている。こうした清新な作品にもファンが多く、男女を問わない広い層の読者をつかんでいる。

とにかく書くことが好きなのだ、と彼女は語っている。文章を書いてお金になったらいというあこがれはあったが、最初から官能作家をめざしていたわけではなく、大学卒業間近になっても就職する気になれず、投稿した作品も採用されないという状況のなかで、たまたま官能作品が売れたことが作家活動に結びついたという。

作品を読むとわかるように、非常に感性に恵まれた作家であり、官能作家になったのは、時流のめぐり合わせだったといえなくもない。しかし、少女時代のある種の性的体験が自身の意識に深く関わっていることも著書で告白している。女体やセックスについての描写ににじみ出る独特の感受性はそこに根っこがあるのかもしれない。

そうした感性が発揮された内藤の表現を見ておこう。出産して三カ月後に実家に帰ってきた隣家の若妻に、性に目覚めて精力あふれる高校三年生がせがむという、『隣の若妻』（二見文庫）の一節である。

「美奈穂さんのものなら、何でも、欲しいから……」

たっぷりとした乳丘を寄せ集めたり、左右に振ったり、名残を惜しむように、俊雄はむにむにと揉み続けた。

「あ……ッ、あ、だめ……」

だんだんと血が集まってきたのか、乳房は火照ってきている。柔らかかった胸肉は張りが激しくなり、やがて、揉みづらいほどに固くなってきた。それでもしつこく胸をいじっていると、

「はぁ……ッ！」

という甘い美奈穂の吐息とともに、乳首から白いものが滲み出てきた。

「あッ……」

俊雄は夢中でその汁を舐め取った。微かな生臭さと甘味がある。

「おいしい」

身を固くし、勃起したまま震えている乳首を、俊雄は根元までくわえ、今度はどうかと、ちゅく、と吸い上げてみる。

「んッ……！」

美奈穂の女体が震え、それと同時に小さな噴水が俊雄の唇の中で上がった。

甘い甘い水滴が口腔内に飛び散る。

「ああ……ッ、あんッ……」

美奈穂は乳房を震わせながら、のけ反っている。

†九〇年代以降の女流作家たち

ところで、一九九〇年代には女流作家のデビューが目立った。実力派として活躍中の**菅野温子**、**田中雅美**、独特の作風の**開田あや**、**西蓮寺裕《ゆう》**、九〇年代半ばから後半にかけては、風雅で淫らな女を描くのが得意な**子母《しも》澤類《ざわるい》**のほか、SM系でハードな作風の**鷹澤フブキ**、**黒沢美貴**、さらには寡作だが**柊まゆみ**、**まどかゆき**、レディースコミックの女王の**渡辺やよい**、また二〇〇〇年代にかけても、筆力ある新人の**小玉二三**の登場などがあって、多彩な顔ぶれが競っている。以下、その一端だけでも紹介しよう。

まずは菅野温子『溺れてしまう』（双葉文庫）の一場面。証券会社の二十九歳のセールスウーマンが、浪費のために会社の金を使い込み、それを立て替えてやるという管理部の男に会議室でセックスを強要される。

「欲しいか、希美子。欲しければ、入れてくださいと頼むんだ」

「え?……」

希美子は、言われたことが瞬時にはわからなかった。だが、三枝の愉快そうな表情からその真意を汲みとったとたん、頭がくらくらした。女に挿入を乞わせて、辱めようとしているのだ。

あっさり突っぱねることができたら、どんなにせいせいしただろう。だが、次の瞬間、希美子は信じられない言葉が自分の口から出るのを聞いた。

「い、入れてください……私を、奥まで突き刺して」

上擦った声で懇願したきり、崩れるようにテーブルの足元にうずくまってしまう。

「よーし」

今度は、会議室の冷たい床に四つん這いにさせられた。パンプスを履いた左右の足と両手を突っ張って女体を支え、ヒップが卑猥にはみ出すところまで、スカートの裾のラインをたくし上げられる。

ジュクジュクと淫靡な汁を滴らせる秘肉を、男に見せつけるように、希美子は腰を反らしてヒップを反転させた。

即座にあてがわれた勃起の先端が、わななく秘口にめり込んでくる。

「ああっ、いやあっ、たまらなくなるぅっ……あぁぁぁーっ！」

つづいて、鷹澤フブキ『巨乳ＯＬ　恥辱の調教』（マドンナメイト文庫）の一節を掲出しよう。小柄だが乳房の豊かなＯＬが、取引先でよく顔をあわせる中年の営業マンに夜の公園に連れ込まれ、のぞき魔たちの視線にさらされながらつながる場面だ。

直腸内に埋めこんだローターと剛直がこすれ合う。ブルブルという振動を堪能するように、恭太郎は緩やかなテンポで腰を使う。

「あああっ……だめっ……感じるっ……すっごいの……すっごく……いいっ……いいのぉっ」

花芯に熱い視線を感じるのだろう。

麻衣はあられない歓喜の言葉を口にする。トロトロに蕩けきった蜜肉が、恭太郎の分身をキュリキュリと締めつける。

妖しくヒクつく蜜襞が、絶頂が近いことを訴えていた。

「もう……もう……イッ……ひっ……イッ、イッちゃううぅーっ」

掠れた声を迸らせながら、麻衣は身体をガクガクとうち震わせた。〔中略〕

「だめなやつだな。勝手にイッたりして。おれはまだイッていないぞっ」

恭太郎はからかうように言うと、まだ隆々とふん反りかえっている肉竿を揺さぶってみせた。

「勝手にイッたバツだ。そこでションベンをしてみろっ」

「そっ、そんな……おしっこだなんて……そっ、そんなの……恥ずかしくて……無理よ……できないっ……」

12　百花繚乱の官能小説

†官能小説の現在

現在は、ほとんどのジャンルの官能小説が一般に入手可能である。ごく低年齢の少女を描くロリータものの作家はきわめて少数になったが、とはいえ、同系統の写真集やＤＶＤといった映像作品のようには、活字メディアが警察に摘発されることはない。

他方で、差別的な記述を含むなど人権（あるいは犯罪行為）にかかわる作品については、エロ表現の許容範囲とは別問題で、社会的に指弾されることはある。また、あまりに残虐な、あるいは変質的といえる作品を敬遠する出版社は少なくないが、それは現実には、こうした作品に対する規制が強いという理由よりはむしろ、そのような作品を愛読するマニアが少数であるという商業的理由からであろう。

ともあれ総体的にいえば、官能小説については、自分好みの内容のものが、だいたい自由に買えるのが現状だ。だが、ここで「自由」というのは、警察による規制とか摘発に関連してのことで、どこの新聞や雑誌もまったく制約なしに、マニア本と同じような内容を掲載しているかというと、多くの読者が承知しているように、無制限ではない。

それぞれの出版社や編集部によって、各自の出版規制や編集方針があって、掲載しない内容のものがある。高校生以下の少女のセックスを描く作品は、一部の出版社を除いて、まず敬遠されるとみていい。スポーツ紙や夕刊紙など新聞系のメディアも、だいたいその傾向がつよい。

レイプなどの「凌辱系」、加虐がハードすぎる「SMもの」も敬遠されがちで、スカトロジーでは放尿シーンとか軽い顔面浴尿ぐらいまでだと掲載されることもあるが、大筋では採用しない出版社や編集部が多い。これは自主規制とか摘発を怖れてというよりは、単にそうした作品がそのメディアの読者層に受け入れられないという判断によるものだろう。

ただフランス書院文庫、マドンナメイト文庫などのうち、マニア向けの作品にはこの限りでないものもある。また、そのほかに痴漢小説は、駅の売店では陳列されにくいといった特別な事情があったりもする。

他方で、性的な用語の使用についてはほとんど自由だが、新聞系は、たとえば四文字言葉は載せたがらない。載せるときには「オマ〇コ」といったように、一部を伏せ字にするのが普通だ。しかし、一般誌の官能小説で同じような伏せ字が使われるのは、自主規制ではなく、たいがいは伏せ字のほうが、かえって読者の淫靡な気持ちを煽るから、という理由によるようである。

こうした実情があるとはいえ、とにかく官能小説については、どんな分野の作品も書かれているし、一般に入手可能というわけである。

官能小説は、その多彩で豊かな表現の世界を失ってはいない。百花繚乱の状況はいまもつづいていて、ベテランから新人までがそれぞれの力量を発揮して、読者の欲情を刺激する作品を発表している。

官能小説も、時流を受けて微妙に変動するものだ。流行《はや》りすたりはこの分野にもある。読者層も安定的に固まってきてはいるものの、最近とくに目立つのは若い女性読者の増加傾向である。ケータイ小説の隆盛と女性作家の活躍が背景にあるようだ。

†橘真児のお尻フェチ

いま注目の人気作家は、第II部で詳述する「不倫系」、「女体遍歴系」、「SM系」とは作風がかなり違う。大きな分類でいえば「癒し系」にくることもできるかもしれないが、年上の女に甘える若い男というパターンにこだわることはない。また「青春系」の匂いを感じさせながらも、しかし、かつての富島健夫のような青春官能でもない。

橘真児は新潟県出身で一九六四年生まれ。九六年に『ロリータ粘液検査』(マドンナメイト文庫)でデビューした。「ロリータ系」の資質は秘めているようだが、このところの作風は**お尻フェチ**の色が濃く、『ヒップにご用心!』『召しませヒップ』(いずれも双葉文庫)などの作品にその本領を発揮している。年上の女に限らず同年代の女たちの量感ある美尻にあこがれる、若い男の欲望と心情を描いて読者を広げつつある。

『召しませヒップ』では、新入女子社員の美尻に妄想を刺激されるあまりに、彼女のお尻の量感を味わいたいと熱望してオフィスの椅子に変身してしまう若手社員が描かれている。『ヒップにご用心!』は、女性向けのパンツショップに勤めて、お尻を観察するのを喜びとし、下半身のサイズを瞬時に見抜くのを特技とする若い店員が主人公だ。昨今の世の中の風潮では、男の好みをお尻派とおっぱい派に分けると、おおまかに**七対三ぐらいでお尻派が優勢**ということもあって、新鮮な作風と同時に、この風潮がさらに人気を押し上げているとみられる。

デビュー後も堅い職業につきながら作品を発表しつづけてきたが、二〇〇三年から専業作家として官能性の追求に没頭するようになり、佐渡に住んで作品を発表しつづけていた。いまは東京に移住している。

橘の独特のお尻表現を見ておこう。『ヒップにご用心!』で、長椅子の上で尻を突き出す制服姿のOLにバックから迫る随喜のシーンだ。


晋作はスカートの裾に手をかけ、一気に腰までめくりあげた。

ぷるりん——。

まさに水蜜桃《すいみつとう》とでも形容すべき、瑞々《みずみず》しい臀部があらわになる。ぱっくりと割れた谷の底を隠すTバックが、むしろそそられる。何もないよりも、かえっていやらしいかもしれない。

「やぁん」

さすがに恥ずかしいのだろう。野乃香が丸みを悩ましげに揺する。顔を腕のあいだに埋め、さらにヒップを掲げる姿勢になった。

(素晴らしい――)

目の前に、とびっきりのご馳走を置かれたも同じこと。手を出さずにいられるわけがない。

晋作は、鼻息を荒くして、ふくよかな双丘に両手をかけた。

「ああ……」

思わず感嘆のため息がこぼれる。

†草凪優の「性春エロス」

官能小説の分野では、若手といっても、ごく少数の例外を除いては、一般の小説の新人のように若年齢ということはない。それだけ官能を書くには特別の筆力を培う修練が必要だからともいえる。しかも、ベテランになっても、セックスに対する探究心と感受性が容易には鈍らないのが異質なところだ。息の長い作家が多いのはそのためだろう。

若手といわれる作家たちの先端グループを走る草凪優《くさなぎゆう》は、軽妙なストーリー展開と新鮮な人間関係の描写、そして官能シーンの巧みな筆力で人気を定着させている。一九六七年、東京生まれ。風貌《ふうぼう》には情動を秘めた若さを感じさせる。日本大学芸術学部を中退後、シナリオライターをへて、「凌辱もの」を書いた時期もあるが、二〇〇四年『ふしだら天使』(双葉文庫)で官能作品の新しい分野を切り開いた。**「性春エロス」**といわれる作風には、ペーソスがあって、読後感には官能だけでない味わいが残る。

ここで引用するのは『ナイショの秘書室』(双葉文庫)。アパレルメーカーに就職した童貞の新入社員が、秘書室の眼鏡美人に導かれる場面だ。

うながされるままに体を動かすと、真之介の腰は、いつの間にか静世の両脚の間に導かれていた。限界まで反り返って臍《へそ》を叩きそうな分身の眼の前に、ぬれぬれに濡れた女の花が待ちかまえていた。

「んんんっ……」

静世が腰の位置を調整し、性器と性器を密着させる。亀頭の先端に濡れた花びらを感じた瞬間、先走り液がじわっと滲みだしたのがはっきりわかった。

「そのまま挿《はい》ってきて……」

素顔の静世がささやく。眼鏡をはずしたことにより、顔の紅潮がひときわ生々しく見える。

「い、いきます……」

真之介は息を呑んで腰を前に送った。


そのほかにも、「性春エロス」を中心に、幅広いジャンルで活躍している（たとえば「はじめに」で引用した『人妻あそび』のように「人妻もの」など）、**霧原一輝**の人気も高い。

†時代官能小説の隆盛

このように、力のある若手が登場し、それぞれが新機軸を打ち出している一方で、時代官能小説の隆盛は現在も衰えをみせない。先に取り上げたように、睦月影郎はすでに出版点数が三百冊を超えているが、最近はことに時代官能シリーズによる新しい試みでファン層を広げている（時代官能小説のジャンルについては、第II部で紹介する）。

睦月影郎は、漫画家としても活躍するだけに、「艶笑」ではないがユーモラスな情景を時代官能小説中にも、随所に描き込んでいる。「**くの一もの**」、「**女剣士もの**」のシリーズをいくつも並行して進行させている。

ほかに、文明開化期の「**明治もの**」シリーズや、タイムスリップによって現代と過去の時代を往復する設定など、さまざまな要素と妄想を注ぎ込んで、読者を楽しませてくれる。

また、北山悦史は、女体のツボを熟知した医者（などの職業）の男の絶妙の性技に反応する女の姿を描く「**医者もの**」のほか、超人的な嗅覚《きゅうかく》をもつ異能の剣士などのシリーズに加え、「**捕物**」などにも作品が多い。

ほかにも、現代ものの作家が時代官能小説を書くケースがもちろんある。全体に、時代官能の間口が広がって、かつてより作品も増えてきている。時代官能には、**現代の常識に束縛されずに自由な発想を取り入れやすい**という長所があり、推理小説、青春小説、伝奇小説など他の分野の要素も組み合わせてエンターテインメントとしての幅を広げることができるので、不況の時代に憩いを求める読者の多様な需要にも対応しやすいのではないか。

†文月芯の多彩な時代官能

「**艶笑もの**」を得手とする異色の作風で登場した**文月芯**《ふづきしん》は、軽妙さのなかに独特のエロスを感じさせて、読み物としても秀逸な作品をものしている。これまでは、「**江戸もの**」が中心だったが、他方で、さらに特異な平安絵巻の舞台に官能シーンを注入した作品も手がけ、また昭和ロマンを描いた作品にも新機軸がみられる。時代官能小説の多様性をまさに体現している作家だ。

ここで、『六弁花』(徳間文庫)の一節を引用しよう。藩主からの仰せで股間修行に出かけた真禅一刀流の武骨な指南役が、江戸の吉原で艶美な花魁《おいらん》と手合わせをする場面だ。


勃起が痛みを覚えるほどに、膣が引き締まった。

うっと唸りをもらし、戸惑いをみせる剛之進に、

「これからでありんすえ」

餅のようにねばる尻肉を、ねっとりと回しながら、男の下腹をこすりはじめる。すると、女壺のなかの勃起がさらに奥深くへと誘いこまれていく。〔中略〕

「おおうっ」

巨体の剣客が、顔をゆがめて、情けないほどに苦悶の声をあげた。

「こらえなせいす、ここで果てたら、主さんの負けでありんすよ。それともこの男と女の勝負、わっちに降参しなんすえ」

夕霧は、勝ち誇るような顔をする。

「まさかお侍さんが、花魁に降参とは、口が裂けても言わんすまいなぁ」

男に跨ったまま、突如、女躰の上半身がかぶさるように倒れてきた。〔中略〕

「な、ならば」

剛之進は、頑健な腰に弾みをつけ、ぐわんと唸りをあげて突き上げた。

「あうっ」

反撃にでた男の躰のうえで、華奢な肢体が、軽々と跳ねあがった。

†官能小説はどこへ行く

ここまで歴史的に通覧してきたように、官能小説の世界は、色とりどりに新たな分野が開花し、一見、華やかに活気づいているように見える。しかしながら、このところ、じつは新人の登場が意外に少ない傾向がつづいている。

官能小説というと、中身は安易だと思われがちだが、専業作家として読者をつかんでいくには、それだけの特色ある作風と技術が要求されるうえに、性をめぐる格別の執着と妄想力を持ち合わせていないと、作品として読者を煽情することなどできない。しかも、いったん同類の嗜好やフェチを共有した読者は、次々と新たな作品を求めてくるので、息切れせずにコンスタントに発表しつづける精力も必要である。出版界の状況から、かつてにくらべて初版の部数が減っているうえに、再版にもあまり期待できないので、専業作家としてやっていくには、収入の確保という観点からしても、ある程度の量産が絶対条件になっている。

新人官能小説家としてデビューしても、数作で消えてしまったり、副業をもたないと継続できない状態から脱せられなかったりすることがしばしばあるのは、こうした高いハードルが存在するからだろう。

だが、新人の登場は、官能小説の世界にそれぞれ異なった風が吹き込むことにつながり、読者層の裾野を広げることにもなる。最近は、ネットやケータイ、電子出版などにおいては若い読者が増えているようだが、活字も含めてもっと全体的に読者を獲得していくことが望ましい。出版界では、つねに新人が求められているのだ。

ベテランと新人が入り乱れて作品を競う状況がつづけば、嗜好のバラエティが富むことで華やかさが増すだけでなく、**世間の官能のエネルギーを充電**していくのにも役立つに違いない。

官能小説の世界は表層だけを眺めていると十年一日、何も変わらないように見える。だが、実社会の性をめぐる様相に変化がみられるように、作家も読者も動いていく。それを注視しながら官能小説の今後を占うのは容易ではない。

第Ⅱ部　官能小説の妄想力

——ジャンルと表現技法

1　女の年齢によるジャンル区分

第I部で歴史を通じて確認したように、官能小説の世界は、読者の性的嗜好の細分化に対応した多種多様なジャンルによって形成されている。第II部では、そうした官能小説のジャンル区分について、もう少し深く掘り下げてみよう。むろん個々の作品をみれば、そこに多様な要素が入り組んで単純には分類になじまないものも数多くある。だが、それにもかかわらず、あえて色分けを試みることによって、読者が自分の性的な嗜好に合った作品を選ぶための一助となることを期待したい。

分類にはいくつかの方法がある。その一つとして、まず中心的に描かれる女たちの年代で比較することができる。

†ロリータ系

ティーンといっても、とりわけローティィーンの、純真ゆえに鮮烈であからさまな性を描くのが、この系統の作品だ。特有の執着をいだくファンがいる。開花寸前のツボミのような性器の描写など、ロリータ系ならではの作風に筆力を発揮する作家がいる。ロリータ専門の名手はごく少数になってはいるが、固有の読者をつかんでいる。潜在的なファンは実はかなり存在すると推測できそうだ。ロリータ写真集のように摘発されることはないにしても、日に日に厳しさを増す世間的な視線への配慮もあるせいか、特別なマニア誌を除いては出版点数が減少している。

【系列作品】吉野純雄『ロリータ木綿の味比《くら》べ』（マドンナメイト文庫）など。

†美少女系

性に目覚めたばかりで好奇心のつよい高校生ぐらいの世代が主役となって、未知の快感に身をゆだねて若い女体をさらけ出す。**初めての体験をへて急激に性感を昂《たか》めていく描写**が読者の欲情をそそる。体験の相手は同年輩の男子だったり、あるいは教師であったり、性技にたけた淫猥な中年男だったりする。また、同級生や女教師相手のレズシーンも重要な要素だ。**「学園もの」**という設定で描かれる場合が多い。若さへの渇望もあって中年読者に人気がある。

【系列作品】星野ぴあす『美少女レッスン　ふたりの秘密』（マドンナメイト文庫）など。

ここで同書を紹介しよう。陸上部の美少女が、あこがれの先輩に近づくために淫らな体験を重ねていく――。

園華は秘丘周辺に執拗《しつよう》なキスを繰り返しては、瑞々しいピンク色の肉唇へと舌を押し当ててくねらせる。

「ほら、気持ちいいんでしょう、凪子。気持ちいいって、可愛い声で言って」

園華の舌が肉の入り口へと滑り込む。舌を包み込む無垢《むく》な粘膜が収縮し、新鮮な淫蜜がこぼれ落ちる。

「くひぃぃっ、きっ、気持ちいぃぃ……。何これ、何でこんな、んふううぅっ」（中略）

「ここは？　ここはどう？」

肉の合わせ目に膨らんだ鞘《さや》へと、園華の唇が吸いつく。

「ひはっ、……あああぉっ」

もう一つ大きくのけ反って、凪子は右の素足で宙を蹴った。後頭部の髪が畳にこすられる。

園華の舌は、凪子の秘唇へと戻る。尖らせた舌先で入り口付近をかきまわしながら、指を淡い茂みから肉鞘へと滑らせて、その中にしこる過敏な突起ごとソフトに転がした。

「それだめっ、ひあぁぉっ、ああううくんんっ」

裏声を張り上げ、凪子は背筋を硬直させる。肉の花弁は園華の舌を強く食いしめて、抱えられた小ぶりの引きしまった尻肉が、不規則に何度も痙攣する。

†女子大生系

現実とは違って、女子大生＝良家のお嬢様というイメージが、官能小説の世界には残されている部分もある。女体は発達しているが、どこか青い果実の匂いが残されていて、羞恥をみせながら刺激には敏感に反応する。そんな女体が男の強引な性戯によって花開くといったSMがらみの作品には安定した人気があるが、その逆の作風も増加している。要するに、大学生という開放的な身分の性を謳歌し、ときには自分よりも年下の男に食指を動かして、若い反応を楽しみ、愛玩《あいがん》して奉仕者に仕立ててあげることに悦楽を見出したりもする。こんな女子大生に家庭教師などされたら、少年はもう勉強も手につかないままセックスに没頭するしかないだろう。もちろん、そんな展開になる。

【系列作品】SMがらみの作品としては館淳一『蜜と罰』(幻冬舎アウトロー文庫)など。ここでは、松崎詩織『教育実習生』(幻冬舎アウトロー文庫)所収の短編「フラジャイル」から掲出しよう。彼氏と見知らぬ女のセックスを目撃した女子大生が、公園で会った少年を自室に連れて行き、目の前でオナニーをしてみせるシーン。

部屋の中では、私の荒い息遣いの合間のすすり泣くような声だけが、BGMのように流れている。優は身じろぎ一つしないで、すでに痙攣を始めた私の身体を見つめている。

クリトリスから頭の先まで、突き抜けるように強い衝撃が走った。

私は足の指を反り返らせ、水から出された金魚のように口をパクパクさせながら、繰り返し押し寄せる快楽に身をゆだねていた。いくら息を吸っても空気が肺に届かない。その苦しさの中で視界が妙に狭くなっていく。

「い、いきそう」

私は今の自分の快感を素直に優に伝えたくて、あえてその言葉を口にする。

いくら抑えようとしても、勝手に身体が激しく跳ね上がってしまう。〔中略〕

「イ、イク」

小さな部屋に私の叫び声が響く。まるで自分の声ではないようだ。

優が私のことを見ていてくれる。私は歯を食いしばりながらきつく目を閉じたままにもかかわらず、優の視線を強く感じた。

その瞬間、私は生まれて初めて他人の前でオナニーをして果てた。

†OL系

「オフィスラブもの」の系統にあたるが、とりわけ**新人の女子社員を攻略する男たちの欲望**を描いた作品は定番化している。実社会ではなかなか実行しえないこの目論見が、官能小説の中では見事に成就するわけだ。毎年、新人入社の季節になると、こうした作風が目につくようになるのは、満たされぬ願望をいだく男性社員を読者に見込んでのことだろう。

近年では、ここでも女性上位の風潮を反映して、年上の女子社員や女性上司が、新人の男性社員を可愛がるといった内容が急増してきた。人妻でもある女性社員が、若くて精力満々の男との情事によって仕事や家庭のウサばらしをすることからストーリーが進行したりもする。ここにも、新人という年下タイプの作品と年上の女性上位タイプの作品との角《かく》逐《ちく》がみられるのだ。

【系列作品】鏡龍樹『清純新入社員・詩織　二十歳の凌辱研修』(フランス書院文庫)など。

†人妻系

官能小説の主流の一つが人妻の(夫以外の相手との)性愛、つまり不倫であることは、いつの時代にも共通している。ひところちょっと下火になったことはあったが、すぐに息を吹き返して、人気の先端を走っている。といっても、以前のように不倫の暗さや葛藤を描く作風は少ない。むしろ、不倫であればこそ性の快楽が増幅するという設定によって、淫戯を盛り上げていく。夫よりもはるかに刺激に富んだ不倫相手とのセックスが、開発された性感をもつ人妻ならではの艶姿をさらに淫らなものとして読者を煽情するといった特長がある。念のためにいえば、人妻といっても新婚とか若妻であることが多い。そんな若妻が、さらに若い男を相手に情交することもまためずらしくない。

【系列作品】霧原一輝『人妻あそび』(双葉文庫)など。

†熟女系

官能小説では、「熟女」といっても三十代がほとんどである。このごろは流行語にもなった「アラフォー」の勢いが官能小説にも反映して、**「熟女」の年代もやや押し上げられているが**、それでも実社会の熟女よりはちょっと若く設定されていることになろう。

女体は豊潤に熟れて、性感もピークにありながら、どこか満たされていない。享楽をむさぼる欲望は過激であっても、男を甘えさせ、癒してくれる性技を身につけているから、相手としては最高といえる。さまざまな舌技や体位で男の性感のツボを刺激しながら、自分の性感も存分に満足させて、能動も受動もこなしていく余裕がある。

年齢的に熟女には人妻が多く不倫になるのが通常だが、**熟女の人妻は若妻にはない熟れた快感を知っている**。ときには、夫を亡くしたばかりの**未亡人が、喪服と白足袋のままで美尻を剝き出され**、夫の遺影に語りかけながらの交合なんていうキマリすぎの濡れ場が出現することさえある。

【系列作品】櫻木充『ゆれちゃうんです』（徳間文庫）など。ここでは、柏木春人『熟妻と熟女　ぼくが溺れたカラダ』（マドンナメイト文庫）から一節を紹介する。大学に入って上京した学生が、窓から淫姿を覗いた隣家の人妻と情交するシーン。

肉感的な太股につづいて、淡いベージュ色のパンティがあらわになった。股間に張りつき、久美子の淫部の形がはっきりと浮き出ている。

さらには、食い込んだ部分の色が変わってしまっていた。二重になった股布部分が、ぐっしょりと愛液を吸ってしまっているのだ。

「久美子さん……うう……、なんていやらしいんだろう」

のぞき込むようにしてそう言うと、陽介はその黒ずんでいる部分に、人差し指をそっと押しつけた。

「はあぁぁっ……」

ぴちゅっと粘ついた音が鳴って、下着の向こう側でとろけた肉びらが剥がれるのがわかった。〔中略〕

陽介はパンティに指を引っかけてゆっくりと引っ張り下ろしていった。

「あぁぁん、いやっ……」

恥ずかしそうに声をもらしながらも、久美子は特に逃げようともせずに股間を突きあげつづけている。

すぐに、白い尻肉が半分ほどあらわになった。少し大きめの肉感的な丸いお尻。その中心に、アヌスがきゅっとすぼまっている。

2　男の立場によるジャンル区分

官能小説を、登場人物のうち中心的な役割をになう男の立場によって分類する方法がある。たとえば第Ⅰ部で取り上げた牧村僚の作品は「**少年もの**」が多いが、多様な官能小説のジャンルのなかでも、つねに不動の人気を保持しているのが**若い性の鮮烈なスパーク**を描いたものだ。男を基準にした分類は、つぎのようにまとめられよう。

†年下の男

性に未熟で純朴だが、好奇心が旺盛で、女体の探究に若いエネルギーを発揮する。女性の下着への執着を見せることが少なくないが、下着フェチというよりは、女体の神秘へのあこがれから、**女性器に密着する部分への好奇な欲望**をつのらせたことによる行動であろう。匂いをかいだり、付着したシミに興奮したり、その温もりを感じたりしながらオナニーをする情景がよく描かれる。父母や姉妹、あるいは近所の若夫婦などのベッドシーンを覗きみることも多い。

やがて膨張した欲求は年上の女の誘いによって性体験へと結びつき、**当初のペット的な存在から、たちまち女体を随喜させるまでに成長**していく。そうして身につけた女体の扱い方を応用して、年上ばかりでなく同年代の若い女を啓発するようにもなる。その場合は相手が処女であることも多く、年上の女と未熟な恋人を同時進行で体験することにもなる。年上の女が身近な存在――たとえば、やさしい姉や甘えやすい母親など――であるときは、近親相姦が入り交じることになりやすい。

【系列作品】内藤みか『三人の美人課長　新入社員は私のペット』（フランス書院文庫）など。

†タフな男

官能小説では定番料理のようなものだが、いつの世にもこれが好きな読者は絶えない。

いわゆる「**性豪もの**」である。全体からみれば減少傾向にあるものの、着実に固い地盤をキープしている。彼のペニスは硬く大きな逸物であることが多く、精力絶倫で何回でも女体を絶頂に押し上げる。**セックスのために生まれてきたような天賦の資質**の持ち主である。いわば、男たちの満たされぬ願望の裏返しでもあり、読者は読んでいるあいだは日常を忘れて元気づけられる。

「**企業もの**」といわれるジャンルにこの登場人物をからめると、男が天賦の武器を活用して企業社会でのし上がっていくというストーリー展開になる。これは「**サクセス系**」といわれるパターンだ。女性上司をセックスで籠絡して会社の秘密をつかむとか、他社の女重役を性の虜《とりこ》にして営業の拡大に結びつけるというのが典型だ。あるいは、あまり生活感がなく、ひたすら肉感的な美女を堪能するだけの話であっても、セックスシーンが読者に実感をもって受け入れられる風に描きこまれてさえいれば、疲れた中年男に一瞬の夢を見させてくれるだけの効能はある。

【**系列作品**】安藤仁『花びらすがり』(廣済堂文庫)など。ここでは同書から一場面を紹介しよう。鄙《ひな》びた北の温泉郷に流れ着いた中年の左官職人が、仕事のかたわら地元の女や旅芸人の女体を味めぐりする。カラオケで盛り上がった人妻の身体を堪能するシーン。

「いつもより敏感になってるのっ。ここよ、ここ。突き上げてっ！」

「こうかい？」

「あっ、ああっ。あああぁぁぁ」

「もっと挿れようか？」

「うっ、ううっ。どんどん入って来るっ。埋め尽くされるっ」

「いいか、いいかいっ？」

「ステキっ。いいっ、凄くいいっ。何ていいのっ」

「俺もいいっ」

「愛してっ、いっぱい愛してっ」

立位で繋がった人妻が腰を振ってやるせない面輪を向けてきた。

蓬来は女のでかい尻を抱え込んで引きつけ、深い密着感を覚えた。

「動いてっ、メロメロにしてっ！」

「こうか、こうかい？」

求められて男は腰を遣り出した。

「ああっ、いっ。いいわっ、いいっ。蕩《とろ》けるっ。もっとよくしてっ」

女が男の肩にぶら下がって爪先立って抽送をせがんだ。

お椀を伏せたような白い乳房が男の胸で拉《ひしや》げかけた。

男は決《しゃく》り腰を見舞っておき、捻《ひね》り腰を混じえると結合部がネチャリ、グチャリと肉の悲鳴を上げ、愛の雫《しずく》がポタポタとフロアに垂れ落ちた。

†性技の男

「巨根で精力絶倫というのでは、あまりに現実の自分とかけ離れすぎていて共感しづらい……」という読者でも、女の快感のツボを探り当てて悶えさせるというタイプの主人公ならば、努力しだいで到達可能な存在という気になるかもしれない。そこでは、テクニックもさることながら、むしろ女体への奉仕の精神が重要になる。**男は全身を駆使して女を狂喜させなければならない**。手指や口唇だけでなく、鼻や膝、足指までも使って、乳房、女性器、アヌスはいうにおよばず、髪から足先まで、丹念に刺激する。セックスに突入するまでに、こうした前戯を執拗に書き込む作家がすくなくない。

前から、後ろから、いじる、こする、弄《もてあそ》ぶ、舐める、しゃぶる、咥《くわ》える、吸うなどのほか、女の羞恥心を快感につなげる言葉責めなど、作家たちの描写を読むと、なるほど、**これなら女を悶絶させられそう**だと思える前戯がこれでもかとばかりに展開される。もちろん、ペニスを挿入してからの高度なテクニックや超絶体位も描かれる。とりわけ重要なのは、こうした性技に対する女体の反応をどう描くかで、それこそが読者を引き込んで淫情をかきたてるポイントにもなっている。

【系列作品】北山悦史『蜜のソムリエ』(双葉文庫)など。その変型ともいえる、北山悦史『指テク超官能　甘蜜の秘技』(双葉文庫)からの引用。さまざまな性テクが駆使されるが、その一部——人妻の口戯でイカされそうになる若いサラリーマンが、雑誌の連載で読んだ気功を応用して対抗する。

「……んっ……」
梨沙は背をたわめ、烈しい口淫を弱めた。
(おっ、いいかもっ)〔中略〕
遼太は尾骨とその内側のへこみを左手の中指で指圧しながら、右手の指で背骨を挟むようにしてなぞった。

梨沙は力一杯肉幹を握った。自分の快感をこらえようとしてのことのようだった。亀頭をくわえ込んだまま、顔の動きは止まっていた。

遼太は尾骨とその下部をノックした。〔中略〕

クリトリスをペッティングしているのとそっくりだった。そう、思えばいい。尾骨のところが真珠の突起で、背骨がクリトリスのうねだ。〔中略〕

遼太は尾骨へのノックを繰り返しながら、背骨をなぞる指づかいを変え、背骨の両脇を全部の指で、広く、ジワジワ、ゾワゾワと掃いてみた。

「んっ、はああ……」

亀頭から口を離し、梨沙は甘声を上げた。

「だめ……そこ……」

†ワルい男

つぎつぎと女を遍歴していく好色男は、世間ではワルい男の部類とみなされるだろうが、官能小説の世界ではごく当たり前の存在である。とりわけ女を誘拐して凌辱する作品が「SMもの」にはよくある。これもワルい男の仕業だが、やがて女が調教によって絶頂快感に目覚めて悶え泣くという展開になる。また、電車内の痴漢などは現実にはワルい男にきまっている、というより犯罪者だ。しかし、「痴漢小説」という分野もあるくらいで、いまでも少なくない作品に登場し、読者をつかんでいる。官能小説では、被害者であるはずの女性が、むしろいつの間にか積極的になって快感をむさぼる展開がほとんどだから、ワルい男も勇気づけられて、いっそう奮励努力する。風俗店では電車内を模したセットでの痴漢プレイというのがあるそうだが、それを作品で妄想的に体感させてくれるわけである。

学校の先生などの聖職者も官能小説ではおなじみの配役である。凌辱的な悪役を演じることもあるが、たいがいは女教師や女生徒と性の享楽にふけることになっており、聖職に反するという禁忌のイメージに苛《さい》まれることはない。政財界の黒幕といった悪役もSMものによく登場する。こうした権力を持ったワルい男だからこそ、女体への責めが効果的に描かれうるのであって、登場シーンによっては重要な役割を果たす。こうしたワルい男たちは、たいがいは兇悪《きょうあく》なほどの陽物の持ち主で、性技も巧みであることで共通している。

【系列作品】安達瑶『悪漢刑事《わるデカ》、再び』（祥伝社文庫）など。安達のこの作品の一場面を掲出しよう。ヤクザも顔負けの札付き刑事が、捜査のかたわら、色好みぶりを発揮して、女たちと情交を重ねる。

「あああ……もっと、もっと激しくっ！」

逞《たくま》しいモノがぬぷぬぷと秘門を出入りする。その快感は確実に、美寿々の躰を燃え上がる淫火で燻《いぶ》そうとしていた。

佐脇も、彼女の淫らな感覚を奥の奥まで十分に味わい尽くした。

「いい……これはいいぞ」

彼も美寿々の媚襞の具合をサオの部分全体に感じて、思わず呻いてしまった。〈中略〉

「ああ、イくッ……イッてしまうッ」

美寿々は、ひいひいと躰を弓なりにのけ反らせた。

3　女の職業によるジャンル区分

官能小説の分類には、主要な女性登場人物の「職業」にもとづく方法もある。職業によって特色づけしやすい女性を登場させることによって、いかにもその職業らしい言動、その仕事ならではの内部事情、そして、なによりも服装や姿態そして性的反応を、実在感をこめて描き出すことが可能になる。「ＯＬ」など、先述した登場する女性の年齢層による分類と重複する部分はあるが、視点を変えてみてみよう。

†女教師系

「**学園もの**」とよばれる作品群に含まれることもあるが、女教師が登場する作品はかなり多い。女教師と教え子の場合と、教え子が卒業してから再会するケースがある。いずれも在学中から生徒にとってあこがれの対象であった場合がほとんどで、官能小説のなかでは、いやおうなしに若い性に火を点けずにはおかぬ女体の悩ましさが描かれる。

女教師が教室を歩くときの乳房やヒップの肉感的な揺れ、そして、好運にも覗き見られる胸の谷間やふとももの奥などが、読者の男心をくすぐることになる。**一見、女教師らしく清潔感があるのにセクシーな服装とか、とりすました眼鏡が演出する色っぽさも読者を懊悩《おうのう》させる必須アイテム**である。

また、女教師と同僚の男たちの絡みがそこに加わることがある。とくに教頭や校長らは、職場での上下関係を利用して、あつかましく、加虐的であることが多い。学園の理事長などは、老獪《ろうかい》でいやらしいタイプに描かれるのが典型的であろう。

いつの時代にも「**女教師もの**」が人気を保持しているのは、男性読者の多くが、かつての自分の体験とかさねてイメージを膨らませやすいからでもある。「**癒し系**」が人気の昨今では、やさしい姉や母親のような保健室の養護教論が登場する作品もよくみかけられる。

【系列作品】開田あや『人妻教師　白衣の痴態』(ベストロマン文庫)など。

†女店員系

ファストフードの店や喫茶店などでアルバイトをしている女子学生が、仕事を通じて先輩店員や店長、あるいは常連客と淫らな関係にはまる。これは、「女子学生もの」というよりは「**女店員もの**」として分類したほうが適切だろう。年齢は若い女店員がほとんどで、バイトを始めたばかりのウブな娘が、男の手管によって急速に好色に変貌していく。また、それと逆の設定として、アルバイトの男子店員が、年上の女店員や熟女にリードされてセックス漬けになるというのもある。どちらにしても、最初は店内が舞台で、セックスも閉店後に客がいなくなってからの店内や倉庫で行なわれることが多く、そこから発展して色とりどりの性愛模様が描かれることになる。

【系列作品】橘真児『はじらいブライダル』（双葉文庫）など。

†ＯＬ系

「年齢分類」のくだりで述べたように、中心となる舞台は社内と仕事関係の行動範囲だが、セックスの生態は多種多様である。作家によってそれぞれの特長を、オフィスを舞台に十二分に発揮し、「おっぱい好き」あるいは「お尻フェチ」色が濃厚な、さらにはＳＭ系のストーリーに仕上げることも多い。また、これは「ＯＬ系」に限ったことではないが、会社を舞台にした官能小説には、取引先や社内人事などにからんだ企業サスペンス仕立ての展開をみせる作品もめずらしくない。作家たちが、なんとかして読者を引き込むための仕組みを設定しようと苦心していることのあらわれといえる。

【系列作品】真島雄二『夜の秘書室』（マドンナメイト文庫）など。この真島の作品から一節を引いておこう。独身の若い警備員が社内を巡回していると、美人秘書がトイレに仕掛けられた盗聴装置を発見したと訴えてくる。犯人を探っているうちに淫らな現場に遭遇し、興奮した秘書と情交するシーンだ。


張り詰めた亀頭を濡れそぼった秘穴にあてがい、政信は真央の体を一気に貫いた。硬直したものがズブッとめり込み、熱く火照った秘肉に包みこまれる。

「ひいいっ！」

滑らかな挿入だったが、その衝撃はかなり大きかったようだ。真央は一瞬目を開きこちらを見つめ返した。〔中略〕

「あふうんっ、あふんっ、激しすぎる」

それでも、政信は知らず知らずのうちに真央の体を折り曲げて体重をかけ、ハードな屈曲位に移行していた。その方がより深く挿入できるからだ。最も奥まで叩き込む

と、亀頭が子宮口にぶつかっているのがわかった。〔中略〕
「あはううんっ、体もアソコもばらばらになっちゃうー」

†看護師・女医系

世間では「看護師」とよばれるようになったが、官能小説では、「看護婦」という呼び名がまだ生きている。もちろん、「看護師」と書く作家も増えてきてはいる。人によっては、現在ではそのほうが抵抗なく読めるのかもしれない。ただ、官能小説の従来の通念かうすれば、「看護婦」としたほうが語感的にも色っぽい印象があって、それゆえあえて昔ながらの呼称を選択している作家もいるであろう。世間的に「正しい」とされる呼び名が変わったとはいえ、いちがいには決着のつけにくい問題である。「ナース」という呼び方もあるが、どうしてもナース一辺倒の字面では単調になるという見方もある。

呼び名はともかく、この系統の作品に不可欠なアイテムは、ナースキャップにナース服である。**ナース服を着たまま病室のベッドで、ナースキャップを落としそうになりながら繰り広げられるセックスシーンが挿入されないと、読者は納得してくれない。**コスプレであると同時に、看護師には「癒し系」のイメージがあり、年下の男との組み合わせがよくみられる。うってつけの職業でもあるからだ。

「女医」にも同様のことがいえるが、こちらはクールで知的な印象もあり、また年齢も看護婦にくらべれば若くはない。そのぶんだけセックスは淫らでハードなものになりやすい。女医と看護師が同時に登場するのはごく自然だが、女医は「癒し」を強調するよりは、聖職という立場にそぐわない淫らで奔放な姿態をさらしたり、あるいは、あえて医療のモラルを踏み外したような行動をとったりすることで、性の快感を追求する過激な役回りになっていくケースがある。

【系列作品】草凪優『性純ナース』(双葉文庫)など。

†スチュワーデス

こちらも客室乗務員や何たらアテンダントと呼び名は変わってきたが、従来の高嶺《たかね》の花のイメージから、「スチュワーデス」の語感が生かされている。男たちは高嶺の花を手折るのが大好きで、その対象として絶好なのがスチュワーデスだ。美人で、教養があり、収入も多くて、普通の男たちにはなかなか手のとどかない存在とされる時代が続いてきた。たんに美人であるというだけではなく、あのスキッとした制服がまた男の征服欲をそそるのである。彼女たちがコスプレ系官能小説の名花であったイメージはいまも残っている。

通常では相手として考えられない美女を、強引にセックスに誘い込みたいという妄想じみた征服欲と、**清楚な仮面をはがして淫らに悶えさせたい**という欲望から、「凌辱系」や「SM系」に展開することが少なくない。「スチュワーデス」をメインキャラクターとする作品は、数としては下降気味であるものの、絶滅はまぬがれている。

【系列作品】氷室洸『客室乗務員』（二見文庫）など。

†尼僧・巫女系

これも「コスプレ系」の一分野ではある。尼僧系を得意とするベテラン作家もいて、異色の分野として人気がある。剃髪《ていはつ》に頭巾《ずきん》をかぶり、僧衣に居住まいをただした姿が、非日常的な情交を求める好色男の欲望をそそる。ひところ人気が高まりすぎて、刊行点数が多くなり、それほど稀少性が感じられなくなったせいか、最近では登場シーンが激減している。

それに代わってかどうか、神社の巫女を対象に据えた作品が増えてきたのは、こちらのほうが時代感覚に合っているからだろうか。尼僧のような淫靡さには欠けるが、巫女には若い娘が多く、女子大生のアルバイトもめずらしくはない。白と赤の古典的な衣装に現代的な若い肉体が包まれているというアンバランスさ加減がいいのかもしれない。**脱がせることが好きな男たちには、巫女の衣装はたまらない**のである。

【系列作品】都倉葉『下町巫女三姉妹』(フランス書院文庫パラダイス)など。都倉のここで挙げた作品から一場面を掲出しよう。大学の神道学部を卒業したが、就職先が決まらず、下町の神社に住み込むことになった若者。そこでは宮司の三人の娘が行事の際には巫女装束で手伝いをしている。たまたま神輿庫《みこしこ》を覗いた彼は、次女が舞に使う剣鈴という神具でオナニーをしているのを目撃する。

先端でぐりぐりと肉洞の入口を刺激していると、女陰の熱が伝わり、金属部分が温かくなった。

秀司のたくましい男根を脳裡に思い描く。ゆっくり秘口に剣鈴を押し込むと、シャンッという鈴の音が鳴った。

「ああっ!」

クリトリスへの指先の刺激と、人肌にぬくもった剣鈴の感触が、沙耶から理性を奪っていく。
もはや神聖な神具を淫らな行為に使っていることへの罪悪感さえ感じることができない。ぐっと剣鈴の先を女裂に押し込み、手首をかえして抽送させる。
「あっ、あっ、あっ」〔中略〕
剣鈴がシャン、シャンと鳴り、先の尖った金属部分が膣内を掻きまわす。潤沢に溢れる愛液が、淫猥な湿った音をたてていた。

†スポーツ系

ビーチバレー、シンクロナイズド・スイミング、エアロビクスといった女体の露出度の高い「**スポーツ選手もの**」は、官能小説の好材料だ。試合や練習の場面もふくめ、彼女たちの**肉感的でありながら鍛え上げられ引き締まった肢体**の描写や、それに惹かれて寄ってくる男たちやコーチ・監督などとの関係を軸に物語は進む。ごく当たり前の性感覚をもったテレビ視聴者が、女性アスリートたちの映像を見ながらつい妄想してしまうであろうことや密かな願望を、ストーリー展開に巧みに組み入れ、官能シーンに取り込んでくれる。ふだん、たとえば某美人ビーチバレー選手らの映像で欲望を刺激されている読者など、感情移入しやすいのではないか。

【系列作品】藤隆生『ビーチの妖精姉妹』（竹書房ラブロマン文庫）など。

4　官能小説の文体

ここで、少し話題を転換してみよう。

各作品を紹介するにあたって、長文を引用するわけにはいかないので、本書では官能シーンに絞って、しかも不本意ながらごく短い範囲に限って掲出している。読者には、ぜひそれぞれの作品にあたってその魅力を堪能していただきたい。

官能小説は、当然ながら官能シーンだけで成り立っているわけではない。一般の文芸作品と同じように、作品・作家の特長は、官能シーンにいたるまでのストーリー展開、状況設定や登場人物の性格描写などに顕著にあらわれている。とりわけ官能小説においては、それ特有の「文体」が作品の魅力を決する大きな要素としての位置を占めている。

†セックスシーンだけで興奮できるのは十代の勃起少年ぐらい

官能小説を読むときに、セックスシーンだけを拾い読みする読者もいるだろうが、それで淫心をかきたてられるのは、せいぜい十代の勃起少年ぐらいのものであろう。官能小説の大きな目的は、**ペニスを勃起させる**ということ、女性読者であれば**秘唇を濡れさせる**ということにあるわけだが、それはそう簡単に成し遂げられることではない。

だから、官能シーンだけを描けば官能小説が出来上がると考える向きがあるとすれば、それはあまりに安易すぎる考えだ。もちろん、官能シーンが作品の展開におけるピークにあるという点で、官能小説は一般の文芸作品と異なってはいる。とはいえ、そのピークにおいて読者を共感に引き込むまでの設定や文体などは、ほかの文芸作品と大きな変わりはない。官能小説で「文学」をやろうとすると、たいがい失敗に終わるが、それは究極の狙いが異なるからであって、エンターテインメントとしての基本姿勢がぶれなければ、文体はかなり自由である。作品の山場で読者を性的に興奮させるために、**作家自身の淫心とそれを具体化する職人的な技法**とが必要とされるだけだ。

ただし、そうはいっても作品を通読すれば、官能小説を読み慣れない読者には、はじめのうちはどうしても引っかかる部分もあるかもしれない。そこが官能小説に特有の性質ともいえる。

ごくわかりやすく、「文体」に関して三つの要素に絞ってあげてみよう。

†性器表現

まず一つは「性器表現」である。これも多種多様だが、たとえば一般の文芸作品が性器を描く場合には、「陰部」「秘所」などのほかに、「陰唇」「膣」「陰核」といった医学用語的な語彙《ごい》や、あるいはこれに多少の変化をつけた婉曲表現が用いられることがほとんどだ。官能小説では、そうした言葉が使われることもあるが、むしろ辞書には載っていない造語や、淫らな連想を誘う動植物にたとえた表現（「スイートピーの花弁」「熟れたマンゴー」「法螺貝の口」「ミミズの洞肉」……）が多用されてきた。現在では、こうした用法も新鮮味が薄らいで一時ほどの勢いはないにしても、それぞれの作家に個性的な用法はある。いくつか例をあげてみよう。

たとえば、女性器の表現でみると、かつては「悦楽の源泉」「あけび状の割れくち」とか、あるいはクリトリスには「愛の灯台」「赤いルビー玉」といった、作者の着意が反映されたものが多かった。こうした表現は最近でも官能小説に用いられてはいるが、着想に気をとられ淫心をそがれるせいもあってか、それほどのヒネリはきかさずに、**さりげなく読ませながら股間にひびく表現**が一般的になっている。

女性器をあらわす「**淫裂**」、勃起したペニスをいう「**肉棒**」などは、いまや官能小説では造語ではなく、普通名詞の部類に入っている。読者もとりわけ造語とは意識しない。それぞれの作家によって、特有の造語がつけ加えられることはよくあるが、作風になじんでいれば、その特異性がそれほど意識されなくなるのが、官能小説ならではの文体である。

†オノマトペ

つぎによく目につくのが、「オノマトペ」(擬声語・擬態語)である。これについては、多用する作家と、意識的に抑制している作家がおり、また作品によっても頻度は違うが、ただまったく使用しないという例は、官能小説ではほとんど見当たらない。一般の文芸作品では、オノマトペはむしろ感興をそぐもの、文章の品を落とすものとして使用が限定され、敬遠されがちであるのにくらべて、官能小説ではこれを多用するのがごく普通のことである。〈オノマトペのない官能シーンはワサビ抜きの寿司のようなもの〉といわれるくらい、重要な表現技法のひとつになっている。

たとえば、「ぷるんとした双房の先端にツンと硬く立った乳首」であるとか、「ぐいぐい締めつける膣襞に、たまらずドピューッと射精」「ヌチャンッ、ネチャンッというあからさまな性交の音」などと自在に使いこなされている。こうした表現は、誇張的ともいえるが、読者の妄想も入り混じった実感を喚起するのには有効なことが多い。それは、たとえば「肉棒をグッと／グググッと／グニョリと／グググーンと挿入する」とした場合の、それぞれの表現があたえるニュアンスの違いをみればわかるだろう。もちろんそれが効果的にはたらくのは全体の文章の調子になじんでいればのことで、ここにも作家の手腕が必要とされる。

†絶頂表現

そして、もうひとつの特徴が「絶頂表現」だ。AV女優がかなりオーバーな姿態の反応や喘《あえ》ぎ声で色情を煽るのと同様に、あるいはそれ以上に、激しい表現でシーンを盛り上げる。これも作家によっていろいろだが、あの手この手で絶頂シーンを延々と書く作家もいる。ここも作家の個性の見せどころで、どちらにしても官能小説ならではの技法が要求されるところだ。
「あひぃぃッ……ああッ、だめよッ……ああぅッ……いッ、イクッ」「はあん、はあん、はじけるぅぅ！」「とろけちゃうーん！」「あーっ、虹が出るぅ……」といった痴語や淫声。「肉壺をピクピクさせて裸身が狂おしく痙攣する」「白眼をむきながら激しく腰をせり上げる」「足のつま先が硬直しそうに反り返る」などの反応。あるいは抑制的な表現でも、「くぐもったむせび泣きのような声」「獣のような呻き」といった無数の絶頂表現が駆使される。

こうした表現で読者を作家のイメージする世界に引きずり込めるか、**オナニーの衝動を喚起できるか**。いずれにせよ、このような部分で官能小説に特有の文体が効力を発揮するのである。読者が抵抗なくそうした妄想に入り込んでいくには、作家と感応しあえる柔軟性も必要で、作家との相性もそのための大きな要素といえるだろう。

5　ジャンルの流行りすたり

不易流行はもちろん官能小説の分野にもある。読者層も安定的に固まってはいるものの、最近とくに目立つのは若い女性読者の増加傾向である。ケータイ小説の隆盛と女性作家の活躍が背景にあるようだ。これまでの記述と重複する部分もあるが、そうした傾向の変化という視点から定番ジャンルにあらためて光を当て直してみよう。

†不倫系

「不倫」は、官能小説ではごくありふれた性関係である。むしろ夫婦のセックスのほうが、特別の設定がない限りは書きづらいものだ。読者も、その日常的な性行為自体の描写には、さして興味を引かれないだろう。不倫妻は、おそらく官能小説の歴史のなかで最上位の役割を譲ったことはない。

最近の「不倫系」官能小説では、不倫ゆえの情欲の昂《たか》まりに重点がおかれている。背徳というまでの後ろめたさはないが、夫婦のセックスでは味わえない非日常性によって、不倫の逢瀬と情交の興奮を昂める要素になっている。

女流作家の作品には、そんな要素をふまえながら、どこか情緒を感じさせる作風のものが多い。細やかな現実感覚がバックボーンとしてあって、たんに不倫ゆえの性愛の昂まりだけではなく、その悦楽が深くなるほど、女心の動揺も大きくなるというリアルな側面が描き出されるわけだ。

つまり、不倫モノの作品には二つの側面がある。それは、不倫ゆえの肉の悦楽をひたすら追求する作風と、不倫妻の揺らぐ情感を描くことで性感のいっそうの昂まりを描く作風とであって、女流作家は一般に後者を得意とすることが多い。官能小説はあくまで男性読者の淫心をかりたてるものである、という従来の視点のほかに、女性読者が感情移入しやすい、いわば女のファンタジーを刺激する作風も求められている。

【系列作品】藍川京『緋色の刻《とき》』（徳間文庫）など。ここでは藍川京『愛の依頼人』（幻冬舎アウトロー文庫）からごく一部を掲出しよう。東京の弁護士が京都の古刹《こさつ》で和服の似合う人妻と会い、ホテルの割烹で鱧《はも》料理のコースに誘ったあと……情交は拒んだ人妻だが巧みな前戯に燃えて――。

「んっ……もう……どないにでもして」

すすり泣くような声で言った沙羅は、総身の力を抜いた。

呆れるほどのうるみが、絶え間なく湧き上がってくる。〔中略〕

「ね……これ、おくれやす……入れておくれやす」

沙羅は辻村の剛棒に手を伸ばして握った。

「入れていいのか？　入れなくてもいいんだぞ。約束したからな」

「いけず……」

沙羅は口惜しそうにグイと引っ張ると、辻村の胸に顔を埋めた。

†女体遍歴系

これも官能小説のメインストリームを外れたことはない。設定を変えながらもつねに売れ筋の一つとして書店の棚を賑わせている。典型的な「遍歴もの」ではなくても、だいたい長編官能小説には、タイプの違う女が三、四人は登場して、それぞれの性の姿態をさらけ出すというのが普通であろう。それ以下の人数では、単調になりすぎて、熟達した筆力をもってしても読者の気持ちを引きつけ続けるのは困難だからだ。

他方で、典型的な「遍歴もの」というのは、とにかく女にもてる男が、夢のような好運のめぐり合わせもあって、出会う女たちをつぎつぎとセックスに引き込み、失神するほどの絶頂感にみちびくという内容である。その男たちの武器は、**硬くて巨大で、しかも持続**

時間も回数も抜群の、絶倫タイプの「イチモツ」であるのが普通だ。

ところが、女流作家たちは、そうは書かない。いや、そう書くときは、職業意識に徹して、あくまで男性読者に錯覚の夢をあたえるために筆力を発揮しようとする。現実には、女体みずからが知っているように、硬くて巨大なイチモツで突きまくられることなど、むしろ迷惑なのである。じっくりと抱き合い、愛撫されること。硬く大きな陽根であろうとなかろうと、交合する体と心の触れ合いが大切なのだ。

局所的な感覚が重要でないわけではないが、膣に受け入れた際の心身につらなる密着感に重点がおかれる。男性読者だけを対象とした作風とは違い、男たちの勝手な願望や自己満足につき合うのは辟易《へきえき》するという女性読者には、現実感覚を取り込んだ性のロマンといえるだろう。女性上位の時代になって、セックスにも主体性をもつ女たちへと読者層を広げていることになる。

ちなみに、いまや独身女性たちは、会社から帰って、食事や自由な時間をすごしたあと、就寝前の二時間ぐらいのあいだにケータイで官能小説を読む、というデータが、配信している出版社から発表されたことがある。

【系列作品】牧村僚『人妻取扱説明書』(廣済堂文庫)など。

†SM系

ＳＭの男性作家は現実にもサディストであると想像している読者が多いようだが、それは当たっていない。たしかにサディストの資質をもつ作家はいるし、かつては多かったといわれるが、現在ではそれも変わってきている。ＳＭ作品は、もともと**サディストとマゾヒストの両面を内包した資質がないと書けない**分野なのだ。

たしかに、男が女を緊縛し、鞭打ち、従属させて、羞恥と苦痛に悶える姿態を見て、卑俗な言葉を浴びせながら快感を味わう場面を描くには、加虐的な資質もなくてはならない。だが、この場面でもっと重要なのは、それまで自我を崩すことなく、反抗的であったり、情感を抑えていたりした女が、ついに被虐の快感にめざめて、いわゆる「**オチる**」姿を描き出すことである。これがないと興奮度の高いＳＭシーンにはならない。

ＳＭ作家は、そのオチる瞬間から、被虐の快感を、声や表情、姿態にあらわしていく女に感情移入していく。くだけていえば、男性作家が女性になりきって書くのだから、それだけのマゾ性を資質として内包していなければならない。そこではマゾ女になって自分の内側から描写の言葉を紡ぎ出しつづける。それができないサディストだけの男では、ＳＭ

作家にはなれないのだが、むろん例外がないではない。

現実には、風俗店などで女王様に虐《いじ》められたがる**マゾ男が増えている時勢**である。そういう男が官能小説を読むときは、当然、被虐の側に感情移入していくだろう。女王様に大枚を払うマゾ男まではいかなくても、そういう資質のある読者は、SMシーンの読み方が違ってきているはずだ。

ここにもまた官能小説の内容が微妙に変わってきている要素がある。

【系列作品】深山幽谷『熟女監禁城』(マドンナメイト文庫)など。

†同性愛系

ホモセクシュアルの官能シーンは、同好者が読む限られた雑誌などに載るほかは、一般の官能小説に登場することはまずない。読者が限定されてしまうからでもあろうし、一般の男性読者は、それをセクシーと感じたり、淫情をそそられたりすることがないからでもあろう。

他方で、レズビアンは、一般の官能小説にもときどき描かれる。男性読者にとって、女性同士が絡み合って、性愛感情を通わせ、性戯によって快感を深めていく情景は、覗き見のような感覚もあって、情欲をかきたてられやすいからだろう。とはいえ、そうした作品もレズに終始するわけではなく、ほとんどの設定では、レズに耽《ふけ》る女たちの高揚のあとに、男がわけ入って、男女のセックスを完遂したり、3Pになったりする。これが従来の、男目線で書かれた、男性にとって「使える」レズシーンのあり方であった。

しかし、現在では全編がレズ関係をテーマとする本も、ごく少数だがあるにはある。もちろん男性にも読み応えのあるものだが、女性読者がきちんと感情移入して楽しむことができるような作品といえよう。

【系列作品】森奈津子『姫百合たちの放課後』（ハヤカワ文庫）など。ここでは岡部誓『レオタードと脇の下　薔薇と百合』（フランス書院文庫）のストーリーの一部として描かれているレズシーンを紹介しよう。新体操部のあこがれの先輩に誘い込まれる清純な後輩——。

「クンニリングスは未経験なのよね？」

「は、はい……」

フルーティな肉ビラは口唇性交を迎えいれるように、ふしだらに捲れあがっている。

優梨花は美少女の震える声を了承と受けとり、秘裂に唇を触れさせていった。

「んく、んんんっ……」
いっそう甲高い声を放ち、後輩はしなやかなプロポーションをのけ反らせる。〔中略〕
「あぁぁ、先輩……。もう、もうっ……」
清楚で可憐な後輩がM字開脚の痴態を晒し、クンニリングスを受けて悶え泣いている。〔中略〕
「だめ、だめ……もうだめです……」
クリトリスを舌の上で転がすと、菜帆は悲鳴のような声をあげた。大量のシロップが陰唇から溢れだし、肛門まで綺麗に濡れ光らせている。〔中略〕
「私……。ンン、ンっちゃう……」
オーガズムを告げる高音を心地よく聞きながら、優梨花は最後の仕上げへ入っていく。肉芽の鞘から尖端へと、舌先でバイブレーションを与えながら舐めあげた。
「ンクぅ、ンクぅぅ、ンッちゃいますぅぅ……」

6　時代官能小説のジャンル

いま最も熱いジャンルの一つである「時代官能小説」にもいくつかのタイプがあるが、代表的なものとしては、以下のように分類することができよう。

†「くノ一」系

女忍者がメインキャラクターとして活躍する。忍者の任務として、たとえば若い主君を警護して身につけた妖しい淫術を駆使するとか、独特の身体能力（もちろん、エロい手法だ）を発揮して敵を撃つなどする。

【系列作品】睦月影郎「かがり淫法帖」シリーズ（廣済堂文庫）など。ここでは、星野蜂雀『人妻くノ一』（フランス書院R文庫）の一節を紹介する。戦国時代、忍びの里に生まれた人妻が、城主の姫君を救うために活躍する。くノ一の技を身につけた人妻だが、捕らえられて、夫の見る前で淫技にたけた首領に犯される場面。

「いやいやぁっ、やめてやめてやめてええっ」

あさの絶叫、しかしその語尾は明らかに発情した牝の鳴き声となっていた。立て続けに深々と膣奥をえぐられ、黒髪は乱れ散り、赤く指の痕の残る豊乳が弾む。固縛された夫の目の前で喜悦の底なし沼へ引きずり込まれていくのを、あさはどうすることもできなかった。〔中略〕

そこへすかさず、赤く腫れた尻へともう一発平手が打ち下ろされた。

「ひあおおぉっ、イっ、イくふううぅっ」

†「捕物」系

ある事件にからんで、犯人を探りながら、登場人物が淫らな性体験を重ねていく。女盗賊が重要なキャラクターとして登場することもある。商人をはじめとする町の住人たちの生活をまじえながら、謎解きのおもしろさを軸に筋立てが展開する。

【系列作品】北山悦史『二代目鼠小僧・佐吉　花盗人』(学研M文庫)など。

†「女剣士」系

美しい女剣士が登場し、めざましい剣の遣い手ぶりを発揮するが、情交のシーンでは**武家育ちの品性もかなぐり捨てて、あられもない姿態をさらけ出す**。その官能描写における落差がより一層、淫情を刺激するわけだ。町人や農家の娘も登場するが、そうした組み合わせがストーリー展開の幅を広げ、情交のパターンを多様化するのに役立っている。

【系列作品】睦月影郎『有情　武芸者　冴木澄香』（講談社文庫）など。八神淳一「艶剣客」シリーズ（竹書房ラブロマン文庫）の『艶剣客　色見世の宿』から掲出しよう。不可解な事件をめぐって悪と戦う隠れ御庭番の美剣士が、彼女を慕って生死を共にする若者と身体を重ねる場面。

「あうっ……」
忍《しの》び位《い》茶臼《ちゃうす》（対面座位）で繋がった裸体を、凜はぶるぶるっと震わせた。
ぱんぱんに張っている乳房を、ぐりぐりと、弥三郎のぶ厚い胸板にこすりつけながら、肉の結合部を動かしはじめる。

「弥三郎、思いっきり、突き上げるのだっ」

「はいっ、凜どのっ」

弥三郎は太い腕で凜の見事にくびれた腰をつかむと、思いの丈《たけ》を込めて、下から力強く突き上げていった。

「あうっ、ううっ……」

弥三郎のあぐらの中で、凜の裸体が上下に跳ねる。

凜の割れ目から魔羅が抜け出しそうになり、次の刹那、ずぼりとすべてが呑み込まれてしまう。

「あ、ああっ……いい、いいっ……ああっ、弥三郎っ、いいぞっ」

「凜どのっ」

†「次男坊」系

武家の次男坊や家督につけない若い男が、武士の身分を捨てて町に住み、さまざまな職業を体験する。春画の絵師に弟子入りしたり、職人や見世物の下働きをしたりするなど、市井の人々の暮らしぶりが活き活きと写し出され、もちろんそこに性的情景がふんだんに盛り込まれる。

【系列作品】開田あや『枕絵のおんな　淫ら絵師清次郎』（大洋時代文庫）など。開田のこの作品から引用しよう。大店の材木屋に生まれた次男が、父の死後、吉原に居続けるなど放蕩にふけるが相応の金をもらって家を出る。町絵師に習っていた絵で生計を立てるようになり、本屋から依頼された春画を描くため情交の実写を手掛ける。以下は、商家の大旦那と若い女の一場面。

「お船……お前の体、閨のなかではたっぷりと撫でさすっているが、こんな明るいところで見るのは、はじめてじゃのう」

「あぁ、旦那様、恥ずかしい……いやですよう」〔中略〕

お船の着物がはらりとはだけ、神々しいほど見事な裸身がさらけだされる。きめ細かく雪のように白い肌がほんのりと上気し、お椀を二つ伏せたような形の良い乳房の頂点で血紅珊瑚のような乳首が固く尖っている。

ほっそりとしていながら柔らかな肉付きの体を軽くひねって、しなやかな腰つきと豊かな丸みの尻や太股を見せつけるように裸体を横たえると、お船はすんなりとした腕を伸ばして老人を差し招いた。

「おう、お船……おおっ、おうぅ……」

老人は餓えた犬が餌に飛びつくように、若い妾の体に覆い被さり、しなやかな足を抱え込むと濡れた秘裂の奥へ、一気に男根を突き込む。

「あぁッ！……旦那さまぁ……あ、あぁ、もっと、もそっと奥まで……あはぁンッ！」

ぴちぴちと弾む若鮎《わかあゆ》のような若い女体へのし掛かり、駆り立てられるように腰を使い出す老人の姿を、清次郎の筆は素早く写し取っていく……。

†「医者」系

性技をまじえた独特の治療法によって女たちを性感に導くことで、それまで人知れず悩んでいた病気などを治す。媚薬や性具を売る商人が登場することもある。医術だけではない特異な才能を発揮することもあって、それによる女たちの性的反応が淫らに描き出される。

【系列作品】北山悦史『隠れ医明庵　卍剣』（コスミック・時代文庫）など。ここでは同じく北山悦史『薬師硯杖淫香帖《くすしけんじょういんこうちょう》　恥じらい水』シリーズ第三弾（ベスト時代文庫）からの掲出。女の性の病を治療することで密かに名を知られるようになった薬師の硯杖が、薬草の採取に出かけた江戸のはずれの丘陵で、特殊な嗅覚により淫香を感じ取り、近づくと若い女が人参《にんじん》を使って自慰をしている。武家に奉公するその女中が、心の病から性依存になっているのを知って治療を引き受けることに――。

分厚くて弾力の強いお尻を引き寄せ、唇深く快楽の肉突起を吸い取った。そうして、右回りに顔を回した。

「うううっ。あっあっ、ううう、ううう……」

顔の動きに従って、恥骨がついてこようとする。〔中略〕

今度は、左回りの舌責めだ。

舌の裏を突起に乗せて、くるくるくると素早くなぞる。そうやって突起に快感を送りながら、乳房を揉むように尻肉を揉んでいる。〔中略〕

「ううっ、お！　あうっ、おうっ、ううっ、くっ！」

紫麻が、脚の開き方を大きくした。

†「艶笑」系

登場人物は幅広く、ストーリーも多様だが、淫猥な展開のなかにもユーモラスな情景が描かれ、機知に富んだ振る舞いや滑稽なやり取りなどで、思わず笑いを誘うような作品である。艶笑落語のようなくすぐりを味わいながら時代小説の読み心地も味わうことができよう。

【系列作品】文月芯『色人形』(徳間文庫)など。ここでは同じく文月芯『あやかし枕江戸偏愛奇譚』(大洋時代文庫)から掲出する。江戸の桃色噺を、蔭間《かげま》だった美男の弟の三味線にのせて語り、淫らな絵入りの瓦版を売る、もぐりの稼業をしている桃太郎。摺師《すりし》をしている浪人の娘に惚れているが、思いを告げられない。小舟で売春している姐さん(あとで正体が明かされる)が、北斎の絵にならって生きた大蛸の吸盤を使った自慰を見せてくれたうえで桃太郎と——。

男の体を仰向けにさせ、その腰に跨り、いきなり勃起に股間を落とす。
すでに蛸に激しく慰められている花陰は、しとどに濡れており、桃太郎の特大の屹立をなめらかに呑みこんだ。

「あふぅ……やっぱり仕上げは人間さまの魔羅がいいねぇ」

じっくり味わうように腰をくねらせる。

おわりに

官能小説は、エンターテインメントである。それだけに、世の中の風潮を敏感に反映するものであることは、本論で何度も言及してきた。あるときは世間のありようを先取りし、あるときは追いかけ、読者の欲求に寄り添って、「淫ら」とされる願望を作品の中で実現することにエネルギーを傾注してきた。

たとえ作者が独自の性的嗜好に固執し、自分の世界を描き出すことにひたすら専心しているときでさえも、同好の読者との間合いをつねに測っていることはいうまでもないだろう。また、作品は、出版社との呼吸が合わなければ、うまく世に送り出されることはない。つまりは、つねに世情の動向に気を配っている編集者とのあいだで、読者に好まれる本をつくるための協同作業を営んでいることになる。編集のアンテナを通した示唆も作者の筆勢に影響を与える。ときには、編集者の志向が優先して作品がつくられることさえもあって、それに呼応して書けるだけの技量が、官能作家には必要とされる。

もちろん、独自の嗜好を変えない作家は多いし、根底にはそうした核がなければ作品の魅力にはつながらない。とはいえ、一見して作風が変わらないような作家でも、時代の移り変わりに呼応して、微妙に作品の内容を変えてきているものだ。作家も、現代の空気を吸っている生身の人間であるのだから、それは当然のことだろう。

たとえば、官能小説でも男の攻撃性が薄れ全体にソフト化している傾向がみられるが、これは最近よく話題になる男たちの「草食化」とも密接な関係があるのではないだろうか。「草食系男子」とは、若い男たちの女に対する積極性の退潮をあらわす流行語のようだが、この流れは中年層にまで浸透している。

草食系男子に対応して、「肉食系女子」という言葉もささやかれているそうである。これは、若い女たちの大胆な行動力を表現しているようだが、そうなると、若い女の奔放さに圧倒されて行き場の見つからない男たちがどこに安息を求めるのかは推察しやすい。本文中でも述べたように、官能小説では、このところずっと人気が上向きなのが、「年上の女」「人妻」「熟女」を看板にかかげた作品だ。ここにもまた、世情と官能小説との相互に影響を及ぼし合う関係を見出すことができるだろう。しかも、すでに指摘したように、たとえば人妻についての傾倒は、かつてのように他人の女を盗み食いするスリルとか、手折りにくい花を摘むような挑戦心からではなく、人妻があたえてくれる安心感に、心身ともに包まれたいという欲求が主体になっている。

もっと端的にその心情があらわれているのが熟女の人気だろう。週刊誌の特集などでも、「なぜ熟女がモテるのか」とか「熟尻《うれじり》にそそられるワケ」といった惹句《じゃっく》が目につく。これも人妻人気と共通していて、人妻と熟女は重なる部分もあるが、人妻よりも熟女という感覚のほうが男にとっていっそう安心感をあたえてくれるからだろう。

果物と同じように、女たちも新鮮さよりも食べ頃に熟れているほうがいいという理由もある。しかも若い女たちからは新鮮さが失われつつある。だが、それにも増して、熟女のほうが包容力があり、面倒なつき合いに心労と金を費やす必要もなく、セックスでも誘導してもらえる安心感がある。

未熟な女たちの恥じらいやウブな反応は、男心を刺激する要素として、官能小説には重要なものである。それが描かれる部分は現在もなくなっていないが、ぐっと縮小されて、本流からは離れてしまいつつある。男たちの、ないものねだりの欲望としては失われていないにしても、現実には、中途半端にセックスに慣れた若い女が多すぎると認識されていて、作品で実感をもって伝えにくいということもあるのだろう。

それにくらべて熟女たちの実在感は、ものすごい力をみせつけている。ことに最近、熟女と呼ばれる「年代」にも変化がある。官能小説でも、五十歳をこえて熟女の範囲に入れられるようになった。彼女たちが、大胆な熟女として、熟尻に象徴される性的魅力を、男たちの眼前に見せつけている。

また、社会構造の変化も、官能小説の世界に大きく作用している。勤務先で上司になったり、重要な仕事を任されたりして、職場では厳しい人間関係を保たなければならない女性が増えている。その反動もあって、仕事を離れた夜の時間には、思い切り「女」を発揮したい欲求にかりたてられる——こんな設定がリアリティをもつのだ。

こうした「現実」が、草食化の傾向とうまく合致しているようだ。官能小説では、以前から若い男が熟女のリードで初体験をして、セックスに陶酔していく場面がくり返し描かれている。これは男にとって理想的な、若年時の願望の追体験といっていい。おおかたの読者はそのような体験に恵まれなかっただろうが、人生に疲れた年代になってからでも、作品によって夢想をよみがえらせることが、ひとときの「癒し」になることはある。

かつて男のセックスには、体験を積むにしたがって、「もらい泣き」の性感というのが強まるのが普通だった。性技で女を身悶えさせ、あられもない絶頂の姿態をさらけ出させることで、それを見る自分の性感を昂めるといった心情である。これが官能の世界では、最近は熟女たちに奪い取られ、とりわけ草食系男子に対して応用されるという事態になってきた。

まず、若い女がしたがらないフェラチオなどでも、熟女はすすんでしてくれる。彼女たちには新鮮な若くて硬いペニスをしゃぶるのが好きというタイプも多い。それで若い男が身悶えするのを見て、もらい泣きの悦楽を昂めるという手順でもある。身体を合わせてからもまた、全身の動きや交合部分の緩急のリズム、締めつけの強弱までリードしてくれて、男をめくるめく快感に導きながら自分も悦楽する——こんなセックスだ。

このように、現実世界の女性上位の風潮が広まるほどに、それに呼応して、官能小説で描かれるセックスの内容も変化してきた。「癒し系」の作品が人気になってから久しく、いまでは完全に定着した。そうした「癒し」が、さまざまな形態の男女関係において追い求められている。

官能小説を読む年代層は一般にそう若くはないが、作品で癒しを感受し、夢想としてではあれ若い男に感情移入をすることで、ひとときの快楽を味わうことは可能だ。これは「性春もの」と呼ばれる分野の作品の人気と共通している。作中の人物は自分の若き日の姿である、と思うことで、ある種の体験を回想のごとく記憶の底から引き出すことができる。願望しただけで実現しなかった性体験を、官能小説と混交することで膨らませることは、その読み方さえ体得してしまえば、淫心を燃やして自分を奮い立たせることになる。その時間が癒しにもつながる。

*

筆者としては、本書が、官能小説の今日までの豊潤な流れが形成された経緯と、その流れの中で発展した表現技法とを伝えることで、読み方の手引きともなり、これからの楽しみの時間を充実させるのに少しでも役立てばと願っている。

まずは好きなタイプの作品や作家を探してみること。しばらくは、好みに合う女、そそられる性戯、ぐっと淫欲をかきたてられる描写や女体の反応を追いかけてみるのがいい。しかし人間には浮気心がつきもの。なにかしら別の刺激を求めたくなったら、異なるタイプの作品や作家に食指を動かしてみるのもいい。淫欲のパターンを広げて、官能小説の悦楽を増幅してくれるはずだ。イマジネーションを活性化させることにもなって、マンネリ化しがちな日常を融解することに役立つだろう。

たとえ官能小説にどっぷりつかるのでなくても、読みたいときに常に読むことのできる何冊かが身近にあると、現実一辺倒の生活にある種のスパイスをあたえることになる。官能小説を読むコツを知っている読者だけの特権といえそうだ。つまらない作品に出会ったときにも、また新たに好みの作品に出会うことを期待して渉猟することが楽しみになってくる。

これまでの読書と人間的交流に加えて、手元にある資料をもとに書きつづってきたが、ほかにまとまった官能小説の研究書も見当たらず、遺漏や間違いもあると懸念している。今後の研究家が加筆訂正してくだされば、老齢の身としてはありがたいと思うばかりである。

永田守弘

二〇一〇年二月

ちくま新書
836

教養《きょうよう》としての官能《かんのう》小説《しょうせつ》案内《あんない》

二〇一〇年三月一〇日　第一刷発行

著者　永田守弘（ながた・もりひろ）

発行者　菊池明郎

発行所　株式会社　筑摩書房
東京都台東区蔵前二-五-三　郵便番号一一一-八七五五
振替〇〇一六〇-八-四一二三

装幀者　間村俊一

印刷・製本　三松堂印刷　株式会社

筑摩書房サービスセンター
〒三三一-八五〇七　さいたま市北区櫛引町二-六〇四
電話〇四八-六五一-〇〇五三

ISBN978-4-480-06541-4 C0290

ちくま新書

611 おんなの浮気
堀江珠喜
なぜ男は女の浮気に気づかないのか？　彼女らを夫や恋人以外の男に向かわせる契機とは？　浮気心のリアルな分析を通じて複雑怪奇な女心の秘密を明らかにする。

661 「奥の細道」をよむ
長谷川櫂
流転してやまない人の世の苦しみ。それをどう受け容れるのか。芭蕉は旅にその答えを見出した。芭蕉が得た大いなる境涯とは——。全行程を追体験しながら読み解く。

712 早わかり世界の文学
——パスティーシュ読書術
清水義範
世界の文学は、パスティーシュ（模倣）でつながっている！『ギルガメシュ叙事詩』から『聖書』が、『聖書』から『エデンの東』が生まれた。面白くて便利な文学案内。

726 40歳からの肉体改造
——頑張らないトレーニング
有吉与志恵
肥満、腰痛、肩こり、関節痛。ストレスで胃が痛む。そろそろ生活習慣病も心配。でも忙しくて運動する時間はない……。それなら効果抜群のこの方法を、どうぞ！

771 カメラに訊け！
——知的に遊ぶ写真生活
田中長徳
銘機や35ミリフィルムの誕生秘話とその活躍、レンズに宿る空気感の正体、そして高級デジカメとの付き合い方、さらに写真家チョートクのカバンの中身まで大公開！

782 アニメ文化外交
櫻井孝昌
日本のアニメはどのように世界で愛され、憧れの的になっているのかを、現地の声で再現。アニメ文化を外交に活用する意義を論じ、そのための戦略を提示する。

788 美人好きは罪悪か？
小谷野敦
男同士の美人談義は、「雨夜の品定め」の時代から変わらず、熱く語られ続ける。これはいけないことなのか？小説、映画、歴史上の美人たちを徹底的に論じ尽くす。